Thomas Bernhard
Die Ursache

»Die Ursachen« waren zerstörend und verbrecherisch – sie hinterließen unauslöschliche Spuren. Das Internat: ein raffiniert gegen den Geist gebauter Kerker, eine Schule der Spekulation mit dem Selbstmord. Die Stadt: eine Todeskrankheit, ein auf der Oberfläche schöner, aber unter dieser Oberfläche fürchterlicher Friedhof der Phantasie und der Wünsche. Der Krieg: die Stollen, in denen Hunderte erstickt oder aus Angst umgekommen sind. Der Großvater: der nur von allem Großen sprach, von Mozart, Rembrandt, Beethoven. – Alle diese teils subjektiv, teils objektiv unerträglichen Belastungen haben den Autor dieses autobiographischen Rechenschaftsberichtes selbst zum Prototyp seiner literarischen Figuren gemacht: eine zu Tode gedemütigte Natur, ohne Hoffnung, voller Angst und Verzweiflung.

Thomas Bernhard, geboren am 9. Februar 1931, lebte in Ohlsdorf, Oberösterreich. 1951–54 Studium an der Akademie für Musik und darstellende Kunst in Salzburg und an der Hochschule für Musik in Wien. Seit 1957 freier Schriftsteller. Er starb am 12. Februar 1989 in Gmunden.

Thomas Bernhard

Die Ursache

Eine Andeutung

dtv

MIX
Papier | Fördert gute Waldnutzung
FSC® C019821

8. Auflage 2024
2011 dtv Verlagsgesellschaft mbH & Co. KG, München

Umschlagkonzept: Balk & Brumshagen
Umschlagfoto: Foto Stadtarchiv Salzburg, Sammlung Anny Madner
Gesamtherstellung: Druckerei C.H.Beck, Nördlingen
Printed in Germany · ISBN 978-3-423-13959-5

Zweitausend Menschen pro Jahr versuchen im Bundesland Salzburg ihrem Leben selbst ein Ende zu machen, ein Zehntel dieser Selbstmordversuche endet tödlich. Damit hält Salzburg in Österreich, das mit Ungarn und Schweden die höchste Selbstmordrate aufweist, österreichischen Rekord.

›Salzburger Nachrichten‹ am 6. Mai 1975

Der Text entspricht der im Beschluß des Landgerichts Salzburg vom 25. 5. 1977 festgelegten Fassung. Die Streichungen sind durch * gekennzeichnet.

Grünkranz

Die Stadt ist, von zwei Menschenkategorien bevölkert, von Geschäftemachern und ihren Opfern, dem Lernenden und Studierenden nur auf die schmerzhafte, eine jede Natur störende, mit der Zeit *ver*störende und *zer*störende, sehr oft nur auf die heimtückisch-tödliche Weise bewohnbar. Die extremen, den in ihr lebenden Menschen fortwährend irritierenden und enervierenden und in jedem Falle immer krankmachenden Wetterverhältnisse einerseits und die in diesen Wetterverhältnissen sich immer verheerender auf die Verfassung dieser Menschen auswirkende Salzburger Architektur andererseits, das allen diesen Erbarmungswürdigen bewußt oder unbewußt, aber im medizinischen Sinne *immer schädliche, folgerichtig auf Kopf und Körper und auf das ganze diesen Naturverhältnissen ja vollkommen ausgelieferte Wesen drückende,* mit unglaublicher Rücksichtslosigkeit immer wieder solche irritierende und enervierende und krankmachende und erniedrigende und beleidigende und mit großer Gemeinheit und Niederträchtigkeit begabte Einwohner produzierende Voralpenklima erzeugen immer wieder solche geborene oder hereingezogene Salzburger, die zwischen den, von dem Lernenden und Studierenden, der ich vor dreißig Jahren in dieser Stadt gewesen bin, aus *Vor*liebe geliebten, aber aus Erfahrung gehaßten kalten und nassen Mauern ihren bornierten Eigensinnigkeiten, Unsinnigkeiten, Stumpfsinnigkeiten, brutalen Geschäften und Melancholien nachgehen und eine unerschöpfliche Einnahmequelle für alle möglichen und unmöglichen Ärzte und Leichenbestattungsunternehmer sind. Der in dieser Stadt nach dem Wunsche seiner Erziehungsberechtigten, aber gegen seinen eigenen Willen Aufgewachsene und von frühester Kindheit an mit der größten Gefühls- und Verstandesbereitschaft für diese Stadt einerseits in den Schauprozeß ihrer Weltberühmtheit wie in eine perverse Geld- und Widergeld produzierende Schönheits- als Verlogenheitsmaschine, andererseits in die Mittel- und Hilflosigkeit seiner von allen Seiten ungeschützten Kindheit und Jugend wie in eine Angst- und Schreckensfestung Eingeschlossene, zu dieser Stadt als zu seiner Charakter- und Geistesentwicklungsstadt Verurteilte, hat eine, weder zu grob, noch zu leichtfertig ausgesprochen, mehr traurige und mehr seine früheste und frühe Entwicklung verdüsternde und verfinsternde, in jedem Falle aber verhängnisvolle, für seine ganze Existenz zunehmend entscheidende, furchtbare Erinnerung an die Stadt und an die Existenzumstände in dieser Stadt, keine andere. Verleumdung, Lüge, Heuchelei entgegen, muß er sich während der Niederschrift dieser Andeutung sagen, daß diese Stadt, die sein ganzes Wesen durchsetzt und seinen Verstand bestimmt hat, ihm immer und vor allem in Kindheit und Jugend, in der zwei Jahrzehnte in ihr durchexistierten und durchexerzierten Verzweiflungs- als Reifezeit, eine mehr den Geist und das Gemüt verletzende, ja immer nur Geist und Gemüt mißhandelnde gewesen ist, eine ihn ununterbrochen direkt oder indirekt für nicht begangene Vergehen und Verbrechen strafende und bestrafende und die Empfindsamkeit und Empfindlichkeit, gleich welcher Natur, in ihm niederschlagende, nicht die seinen Schöpfungsgaben förderliche. Er hat in dieser Studierzeit, die zweifellos seine entsetzlichste Zeit gewesen ist, und von dieser seiner Studierzeit und den Empfindungen, die er in dieser Studierzeit gehabt hat, ist hier die Rede, für den Rest seines Lebens einen hohen Preis und wahrscheinlich die Höchstsumme zahlen müssen. Diese Stadt hat die ihm von seinen Vorfahren überkommene Zuneigung und Liebe als *Voraus*zuneigung und *Voraus*liebe seinerseits nicht verdient und ihn immer und zu allen Zeiten und in allen Fällen bis zum heutigen Tage zurückgewiesen, abgestoßen, ihn jedenfalls vor den schutzlosen Kopf gestoßen. Hätte ich nicht diese letzten Endes den schöpferischen Menschen von jeher verletzende und verhetzende und am Ende immer vernichtende Stadt, die mir durch meine Eltern gleichzeitig Mutter- und Vaterstadt ist, von einem Augenblick auf den andern, und zwar in dem entscheidenden lebensrettenden Augenblick der äußersten Nervenanspannung und größtmöglichen Geistesverletzung hinter mich lassen können, ich hätte, wie so viele andere schöpferische Menschen in ihr und wie so viele, die mir verbundene und vertraute gewesen sind, diese für diese Stadt einzige bezeichnende Probe auf das Exempel gemacht und hätte mich urplötzlich umgebracht, wie sich viele in ihr urplötzlich umgebracht haben, oder ich wäre langsam und elendig in ihren Mauern und in ihrer das Ersticken und nichts als das Ersticken betreibenden unmenschlichen Luft zugrunde gegangen, wie viele in ihr langsam und elendig zugrunde gegangen sind. Ich habe sehr oft das besondere Wesen und die absolute Eigenart dieser meiner Mutter- und Vaterlandschaft aus (berühmter) Natur und (berühmter) Architektur erkennen und lieben dürfen, aber die in dieser Landschaft und Natur und Architektur existierenden und sich von Jahr zu Jahr kopflos multiplizierenden schwachsinnigen Bewohner und ihre gemeinen Gesetze und noch gemeineren Auslegungen dieser ihrer Gesetze haben das Erkennen und die Liebe für diese Natur (als Landschaft), die ein Wunder, und für diese Architektur, die ein Kunstwerk ist, immer gleich abgetötet, immer schon gleich in den ersten Ansätzen abgetötet, meine auf mich selber angewiesenen Existenzmittel waren immer gleich wehrlos gewesen gegen die in dieser Stadt wie in keiner zweiten herrschende Kleinbürgerlogik. Alles in dieser Stadt ist gegen das Schöpferische, und wird auch das Gegenteil immer mehr und mit immer größerer Vehemenz behauptet, die Heuchelei ist ihr Fundament, und ihre größte Leidenschaft ist die Geistlosigkeit, und wo sich in ihr Phantasie auch nur zeigt, wird sie ausgerottet. Salzburg ist eine perfide Fassade, auf welche die Welt ununterbrochen ihre Verlogenheit malt und hinter der das (oder der) Schöpferische verkümmern und verkommen und absterben muß. Meine Heimatstadt ist in Wirklichkeit eine Todeskrankheit, in welche ihre Bewohner hineingeboren und hineingezogen werden, und gehen sie nicht in dem entscheidenden Zeitpunkt weg, machen sie direkt oder indirekt früher oder später unter allen diesen entsetzlichen Umständen entweder urplötzlich Selbstmord oder gehen direkt oder indirekt langsam und elendig auf diesem im Grunde durch und durch menschenfeindlichen architektonisch-erzbischöflich-stumpfsinnig-nationalsozialistisch-katholischen Todesboden zugrunde. Die Stadt ist für den, der sie und ihre Bewohner kennt, ein auf der Oberfläche schöner, aber unter dieser Oberfläche tatsächlich fürchterlicher Friedhof der Phantasien und Wünsche. Dem Lernenden und Studierenden, der sich in dieser überall nur im Rufe der Schönheit und der Erbauung und zu den sogenannten Festspielen alljährlich auch noch in dem Rufe der sogenannten Hohen Kunst stehenden Stadt zurecht und Recht zu finden versucht, ist sie bald nur mehr noch ein kaltes und allen Krankheiten und Niedrigkeiten offenes Todesmuseum, in welchem ihm alle nur denkbaren und undenkbaren, seine Energien und Geistesgaben und -anlagen rücksichtslos zersetzenden und zutiefst verletzenden Hindernisse erwachsen, die Stadt ist ihm bald nicht mehr eine schöne Natur und eine exemplarische Architektur, sondern nichts anderes als ein undurchdringbares Menschengestrüpp aus Gemeinheit und Niedertracht, und er geht nicht mehr durch Musik, wenn er durch ihre Gassen geht, sondern nur mehr noch abgestoßen durch den moralischen Morast ihrer Bewohner. Die Stadt ist dem in ihr auf einmal um alles Betrogenen, seinem Alter entsprechend, in diesem Zustand nicht Ernüchterung, sondern Entsetzen, und sie hat für alles, auch für Erschütterung, ihre tödlichen Argumente. Der Dreizehnjährige ist plötzlich, wie ich damals *empfunden (gefühlt)* habe und wie ich heute *denke,* mit der ganzen Strenge einer solchen Erfahrung, mit vierunddreißig gleichaltrigen in einem schmutzigen und stinkenden, nach alten und feuchten Mauern und nach altem und schäbigem Bettzeug und nach jungen, ungewaschenen Zöglingen stinkenden Schlafsaal im Internat in der Schrannengasse zusammen und kann wochenlang nicht einschlafen, weil sein Verstand nicht versteht, warum er plötzlich in diesem schmutzigen und stinkenden Schlafsaal zu sein hat, weil er als Verrat empfinden muß, was ihm als Bildungsnotwendigkeit nicht erklärt wird. Die Nächte sind ihm eine Beobachtungsschule der Verwahrlosung der Schlafsäle in den öffentlichen Erziehungsanstalten und in der Folge überhaupt der Erziehungsanstalten und immer wieder der in diesen Erziehungsanstalten Untergebrachten, Kinder aus den Landgemeinden, die von ihren Eltern, wie er selbst, aus dem Kopf und aus der Hand in die staatliche Züchtigung gegeben sind und die, wie ihm während seiner nächtlichen Beobachtungszwänge scheint, ihre Erschöpfungszustände ohne weiteres zu einem tiefen Schlaf machen können, während er selbst seinen noch viel größeren *Erschöpfungszustand* als einen ununterbrochenen *Verletzungszustand* niemals auch nur zu einem Augenblick Schlaf machen kann. Die Nächte ziehen sich als Verzweiflungs- und Angstzustände in die Länge, und was er hört und sieht und mit fortwährendem Erschrecken wahrnimmt, ist immer nur neue Nahrung für neue Verzweiflung. Das Internat ist dem Neueingetretenen ein raffiniert gegen ihn und also gegen seine ganze Existenz entworfener, *niederträchtig gegen seinen Geist* gebauter Kerker, in welchem der Direktor (Grünkranz) und seine Gehilfen (Aufseher) alle und alles beherrschen und in welchem nur der absolute Gehorsam und also die absolute Unterordnung der Zöglinge, also der Schwachen unter die Starken (Grünkranz und seine Gehilfen), und nur die Antwortlosigkeit und die Dunkelhaft zulässig sind. Das Internat als Kerker bedeutet zunehmend Strafverschärfung und schließlich vollkommene Aussichts- und Hoffnungslosigkeit. Daß ihn jene, die ihn, wie er immer geglaubt hat, liebten, bei vollem Bewußtsein in diesen staatlichen Kerker geworfen haben, begreift er nicht, was ihn schon in den ersten Tagen in erster Linie beschäftigt, ist naturgemäß der *Selbstmordgedanke.* Das Leben oder die Existenz abzutöten, um es oder sie nicht mehr leben und existieren zu müssen, dieser plötzlichen vollkommenen Armseligkeit und Hilflosigkeit durch einen Sprung aus dem Fenster oder durch Erhängen beispielsweise in der Schuhkammer im Erdgeschoß ein Ende zu machen, erscheint ihm das einzig Richtige, aber er tut es nicht. Immer wenn er in der Schuhkammer Geige übt, für die Geigenübungen ist ihm von Grünkranz die Schuhkammer zugeteilt worden, denkt er an Selbstmord, die Möglichkeiten, sich aufzuhängen, sind in der Schuhkammer die größten, es bedeutet ihm keinerlei Schwierigkeit, an einen Strick zu kommen, und er macht schon am zweiten Tag einen Versuch mit dem Hosenträger, gibt diesen Versuch aber wieder auf und macht seine Geigenübung. Immer wenn er künftig in die Schuhkammer eintritt, tritt er in den Selbstmordgedanken ein. Die Schuhkammer ist mit Hunderten von schweißausschwitzenden Zöglingsschuhen in morschen Holzregalen angefüllt und hat nur eine knapp unter der Decke durch die Mauer geschlagene Fensteröffnung, durch welche aber nur die schlechte Küchenluft hereinkommt. In der Schuhkammer ist er allein mit sich selbst und allein mit seinem Selbstmorddenken, das gleichzeitig mit dem Geigenüben einsetzt. So ist ihm der Eintritt in die Schuhkammer, die zweifellos der fürchterlichste Raum im ganzen Internat ist, Zuflucht zu sich selbst, unter dem Vorwand, Geige zu üben, und er übt so laut Geige in der Schuhkammer, daß er selbst während des Geigenübens in der

Schuhkammer ununterbrochen fürchtet, die Schuhkammer müsse in jedem Augenblick explodieren, unter dem ihm leicht und auf das virtuoseste, wenn auch nicht exakteste kommenden Geigenspiel geht er gänzlich in seinem Selbstmorddenken auf, in welchem er schon vor dem Eintritt in das Internat geschult gewesen war, denn er war in dem Zusammenleben mit seinem Großvater die ganze Kindheit vorher durch die Schule der Spekulation mit dem Selbstmord gegangen. Das Geigenspiel und der tägliche Ševčik waren ihm in dem Bewußtsein, es auf der Geige niemals zu etwas Großem zu bringen, ein willkommenes Alibi für das Alleinsein und Mitsichselbstsein in der Schuhkammer, in die während seiner Übungszeit kein Mensch Zutritt hatte; an der Außenseite der Tür hing ein von der Frau Grünkranz beschriftetes Schild mit der Aufschrift »Kein Zutritt, Musikübung«. Jeden Tag sehnte er sich danach, die ihn vollkommen erschöpfenden Erziehungsqualen im Internat mit dem Aufenthalt in der Schuhkammer unterbrechen, mit der Musik auf seiner Geige diese fürchterliche Schuhkammer seinen Selbstmordgedankenzwecken nützlich machen zu können. Er hatte auf seiner Geige seine eigene, seinem Selbstmorddenken entgegenkommende Musik gemacht, die virtuoseste Musik, die mit der im Ševčik vorgeschriebenen Musik aber nicht das geringste zu tun hatte und auch nichts mit den Aufgaben, die ihm sein Geigenlehrer Steiner gestellt hatte, diese Musik war ihm tatsächlich ein Mittel, sich jeden Tag nach dem Mittagessen von den übrigen Zöglingen und von dem ganzen Internatsgetriebe absondern und sich selbst hingeben zu können, nichts anderes, sie hatte mit einem Geigenstudium, wie es erforderlich gewesen wäre, zu welchem er gezwungen worden war, das er aber, weil er es im Grunde nicht wollte, verabscheute, nichts zu tun. Diese Übungsstunde auf der Geige in der beinahe vollkommen finsteren Schuhkammer, in welcher die bis an die Decke geschichteten Zöglingsschuhe ihren in der Schuhkammer eingesperrten Leder- und Schweißgeruch mehr und mehr verdichteten, war ihm *die einzige Fluchtmöglichkeit.* Sein Eintritt in die Schuhkammer bedeutete gleichzeitiges Einsetzen seiner Selbstmordmeditation und das intensivere und immer noch intensivere Geigenspiel eine immer intensivere und immer noch intensivere Beschäftigung mit dem Selbstmord. Tatsächlich hat er in der Schuhkammer viele Versuche gemacht, sich umzubringen, aber keinen dieser Versuche *zu weit* getrieben, das Hantieren mit Stricken und Hosenträgern und die Hunderte von Versuchen mit den in der Schuhkammer zahlreichen Mauerhaken waren immer in dem entscheidenden lebensrettenden Punkte abgebrochen worden und von ihm durch bewußteres Geigenspiel, durch ganz bewußtes Abbrechen des Selbstmorddenkens und ganz bewußte Konzentration auf die ihn mehr und mehr faszinierenden Möglichkeiten auf der Geige, die ihm mit der Zeit weniger ein Musikinstrument als vielmehr ein Instrument zur Auslösung seiner Selbstmordmeditation und Selbstmordgefügigkeit und zum plötzlichen Abbrechen dieser Selbstmordmeditation und Selbstmordgefügigkeit gewesen war; einerseits hochmusikalisch (Steiner), andererseits naturgemäß einer vollkommenen *Nicht*disziplin Vorschriften betreffend verfallen (ebenso Steiner), hatte sein Geigenspiel und vornehmlich in der Schuhkammer einen durch und durch nur seinem Selbstmorddenken entgegenkommenden Zweck, keinen andern, und seine Unfähigkeit, den Befehlen Steiners zu gehorchen, auf der Geige, und das heißt in dem Geigenstudium als solchem weiterzukommen, war offensichtlich gewesen. Das Selbstmorddenken, das ihn im Internat und außerhalb beinahe ununterbrochen beschäftigte und welchem er sich in dieser Zeit und in dieser Stadt durch nichts und in keiner Geistesverfassung entziehen hatte können, war ihm in dieser Zeit mit seiner Geige und mit seinem Spiel auf der Geige wie mit nichts anderem verbunden gewesen, und es war damals immer schon allein *durch den Gedanken an das Geigenspiel* und dann intensiv mit dem Auspacken der Geige und mit dem angefangenen Geigenspiel in Gang gekommen als ein Mechanismus, dem er sich mit der Zeit vollkommen ausliefern hatte müssen und der erst mit der Zerstörung der Geige zum Stillstand gekommen ist. Er hat später, wenn ihm die Schuhkammer zu Bewußtsein gekommen ist, sehr oft gedacht, ob es nicht besser gewesen wäre, in dieser Schuhkammer seine Existenz abzuschließen, seine ganze Zukunft, gleich, was ihr Inhalt war, mit dem Selbstmord zu liquidieren, wenn er den Mut dazu gehabt hätte, als diese alles in allem auf jeden Fall vollkommen fragwürdige Existenz, deren Inhalt mir jetzt bekannt ist, über Jahrzehnte fortzusetzen. Er war aber für einen solchen Entschluß immer zu schwach gewesen, während so viele im Internat in der Schrannengasse Selbstmord gemacht haben, diesen Mut aufgebracht haben, merkwürdigerweise keiner in der Schuhkammer, die doch für den Selbstmord die ideale gewesen wäre, sie hatten sich alle aus den Schlafzimmerfenstern, aus den Abortfenstern gestürzt oder im Waschraum an den Brausen aufgehängt, hatte er *nie die Kraft und die Entschiedenheit und Charakterfestigkeit für den Selbstmord* aufgebracht. Tatsächlich haben sich während seiner Zeit und wie viele vorher und nachher!, *im* Internat in der Schrannengasse, allein in der nationalsozialistischen Zeit zwischen Herbst dreiundvierzig (seinem Eintreten) und Herbst vierundvierzig (seinem Austreten), vier Zöglinge umgebracht, aus dem Fenster gestürzt, aufgehängt und viele andere aus der Stadt aus unerträglicher Kopfverzweiflung vom Schulweg abgekommene Schüler von den beiden Stadtbergen gestürzt, mit Vorliebe vom Mönchsberg direkt auf *die asphaltierte Müllner Hauptstraße, die Selbstmörderstraße,* wie ich diese fürchterliche Straße immer betitelt habe, weil ich sehr oft auf ihr zerschmetterte Menschenkörper liegen gesehen habe, Schüler oder Nichtschüler, aber vornehmlich Schüler, Fleischklumpen in bunten Kleidungsstücken, der Jahreszeit entsprechend. Auch heute, drei Jahrzehnte später, lese ich immer wieder in regelmäßigen Abständen und gehäuft im Frühjahr und im Herbst von selbstgemordeten Schülern und anderen, jährlich von Dutzenden, obwohl es, wie ich weiß, Hunderte sind. Wahrscheinlich ist in Internaten und vornehmlich in solchen unter den extremsten menschensadistischen und naturklimatischen Bedingungen wie in der Schrannengasse das Hauptthema unter den Lernenden und Studierenden, unter den Zöglingen kein anderes als das Selbstmordthema, alles andere also als ein wissenschaftlicher Gegenstand, ein solcher Gegenstand nicht aus der Studienmasse heraus, sondern aus dem ersten, alle gemeinsam am intensivsten beschäftigenden Gedanken heraus, und der Selbstmord und der Selbstmordgedanke ist immer der wissenschaftlichste Gegenstand, aber das ist der Lügengesellschaft unverständlich. Das Zusammensein mit den Mitzöglingen ist immer ein Zusammensein mit dem Selbstmordgedanken gewesen, in erster Linie mit dem Selbstmordgedanken, erst in zweiter Linie mit dem Lern- oder Studierstoff. Tatsächlich habe nicht nur ich während meiner ganzen Lern- und Studierzeit die meiste Zeit mit dem Selbstmordgedanken zubringen müssen, dazu herausgefordert von der brutalen, rücksichtslosen und in allen ihren Begriffen gemeinen Umwelt einerseits, von der in jedem jungen Menschen größten Sensibilität und

Verletzbarkeit andererseits. Die Lern- und Studierzeit ist vornehmlich eine Selbstmordgedankenzeit, wer das leugnet, hat alles vergessen. Wie oft, und zwar hunderte Male, bin ich durch die Stadt gegangen, nur an Selbstmord, nur an Auslöschung meiner Existenz denkend und wo und wie ich den Selbstmord (allein oder in Gemeinschaft) machen werde, aber diese durch alles in dieser Stadt hervorgerufenen Gedanken und Versuche haben immer wieder zurück in das Internat, in den Internatskerker geführt. Den Selbstmordgedanken als den einzigen ununterbrochen wirksamen hatte nicht nur jeder für sich gehabt, alle haben diesen ununterbrochenen Gedanken gehabt, und die einen sind von diesem Gedanken *gleich getötet* und die anderen von diesem Gedanken *nur gebrochen* worden, und zwar für ihr ganzes Leben gebrochen; über den Selbstmordgedanken und über Selbstmord ist immer debattiert und diskutiert und in allen ausnahmslos ununterbrochen *geschwiegen* worden, und immer wieder ist aus uns ein *tatsächlicher Selbstmörder* hervorgegangen, ich nenne ihre Namen nicht, die ich zum Großteil gar nicht mehr weiß, aber ich habe sie alle hängen und zerschmettert gesehen als Beweis für die Fürchterlichkeit. Mir sind mehrere Begräbnisse auf dem Kommunalfriedhof und auf dem Maxglaner Friedhof, auf welchen solche von ihrer Umwelt umgebrachte dreizehn- oder vierzehnjährige oder fünfzehn- oder sechzehnjährige Menschen als Zöglinge *verscharrt, nicht begraben worden sind,* bekannt, denn in dieser streng katholischen Stadt sind diese jungen Selbstmörder natürlich nicht begraben worden, sondern nur unter den deprimierendsten, menschenentlarvendsten Umständen verscharrt. Diese beiden Friedhöfe sind voller Beweise für die Richtigkeit meiner Erinnerung, die mir, dafür danke ich, durch nichts verfälscht worden ist und die hier nur Andeutung sein kann. Der an der Verscharrstelle schweigende Grünkranz in seinen Offiziersstiefeln, die in schamvollem Entsetzen in pompöser Schwärze dastehenden sogenannten Anverwandten des Selbstmörders, die Mitschüler, die einzigen an der Verscharrstelle um die Wahrheit und um die ehrliche Fürchterlichkeit der Wahrheit Wissenden, die den Vorgang solcher Verlegenheitsbegräbnisse beobachten, sehe ich, Wörter, mit welchen sich die sogenannten hinterbliebenen Erziehungsberechtigten von dem Selbstmörder zu distanzieren versuchen, während sie ihn in seinem Holzsarg in die Erde hinuntergelassen haben, höre ich. Ein Geistlicher hat in einer solchen, dem Stumpfsinn des Katholizismus vollkommen ausgelieferten und von diesem katholischen Stumpfsinn vollkommen beherrschten Stadt, die dazu in dieser Zeit auch noch eine durch und durch nazistische Stadt gewesen ist, bei einem Selbstmörderbegräbnis nichts zu suchen. Der ausgehende Herbst und das in Fäulnis und Fieber eingetretene Frühjahr haben immer ihre Opfer gefordert, hier mehr als anderswo in der Welt, und die für den Selbstmord Anfälligsten sind die jungen, die von ihren Erzeugern und anderen Erziehern alleingelassenen jungen Menschen, lernenden und studierenden und tatsächlich immer nur in Selbstauslöschung und Selbstvernichtung meditierenden, für welche einfach noch alles die Wahrheit und die Wirklichkeit ist und die in dieser Wahrheit und Wirklichkeit als einer einzigen Fürchterlichkeit scheitern. Jeder von uns hätte Selbstmord machen können, von den einen haben wir es vorher immer deutlich ablesen können, von den andern nicht, aber wir haben uns selten getäuscht. Wenn einer auf einmal in einem Schwächezustand der furchtbaren Last seiner Innenwelt wie seiner Umwelt, weil er das Gleichgewicht dieser beiden ihn fortwährend bedrückenden Gewichte verloren hatte, nicht mehr standhalten konnte, und dann plötzlich, von einem bestimmten Zeitpunkt an, alles in ihm und an ihm auf Selbstmord deutete, sein Entschluß, Selbstmord zu machen, an seinem ganzen Wesen zu bemerken und bald mit erschreckender Deutlichkeit abzulesen gewesen war, waren wir immer vorbereitet gewesen auf das uns nicht überraschende Fürchterliche als Tatsache, auf den jetzt konsequent vollzogenen Selbstmord unseres Mitschülers und Leidensgefährten, während der Direktor mit seinen Gehilfen niemals und auch nicht in einem einzigen Falle auf eine solche ja immer auch äußerlich lange Zeit sich entwickelnde und zu beobachtende Phase der *Vorbereitung zum Selbstmord* aufmerksam geworden und dadurch von dem Selbstmord des Selbstmörders als

Zögling naturgemäß immer vor den Kopf gestoßen war oder vorgegeben hatte, von dem Selbstmord des Selbstmörders als Zögling vor den Kopf gestoßen zu sein, er hatte sich jedesmal entsetzt, gleichzeitig sich von dem doch nichts als Unglücklichen als betrügerischem Unverschämten hintergangen gezeigt und war in seiner uns alle abstoßenden Reaktion auf den Selbstmord des Zöglings immer unbarmherzig gewesen, kalt und nazistisch-egoistisch Anklage erhebend gegen einen Schuldigen, der naturgemäß in jedem Falle immer unschuldig ist, denn den Selbstmörder trifft keine Schuld, die Schuld trifft die Umwelt, hier also immer die katholisch-nazistische Umwelt des Selbstmörders, die diesen von ihr zum Selbstmord getriebenen und gezwungenen Menschen erdrückt hat, er mag aus was für einem Grunde oder aus was für Hunderten und Tausenden von Gründen Selbstmord begangen oder besser *gemacht* haben, und in einem Internat oder in einer Erziehungsanstalt, deren tatsächliche offizielle Bezeichnung ja *Nationalsozialistisches Schülerheim* gewesen war, und eben in einer solchen wie der in der Schrannengasse, die jeden Feinnervigen naturgemäß in allem zum Selbstmord verleiten und verführen und *zu einem hohen Prozentsatz tatsächlich zum Selbstmord führen mußte,* ist ununterbrochen alles ein Grund zum Selbstmord gewesen. Die Tatsachen sind immer erschreckende, und wir dürfen sie nicht mit unserer krankhaft in jedem ununterbrochen arbeitenden und wohlgenährten Angst vor diesen Tatsachen zudecken und die ganze Naturgeschichte als Menschengeschichte dadurch verfälschen und diese ganze Geschichte als eine immer von uns verfälschte Geschichte weitergeben, weil es Gewohnheit ist, die Geschichte zu verfälschen und als verfälschte Geschichte weiterzugeben, wo wir doch wissen, daß die ganze Geschichte nur eine verfälschte und immer nur als verfälschte Geschichte weitergegeben worden ist. Daß er in das Internat hereingekommen ist zum Zwecke seiner Zerstörung, ja Vernichtung, nicht zur behutsamen Geistes- und Empfindungs- und Gefühlsentwicklung, wie ihm beteuert und dann immer und immer wieder vorgemacht worden war, unablässig und mit dem Nachdruck der sich im Grunde dieser unverschämtesten und heimtückischesten und verbrecherischesten aller Erzieherlügen vollkommen bewußten Erziehungsberechtigten, war ihm, dem bis dahin gutgläubigen Zögling, bald klar gewesen, und er hatte vor allem seinen Großvater als seinen Erziehungsberechtigten (sein Vormund war in das Militär, in die sogenannte deutsche Wehrmacht und den ganzen Krieg auf dem sogenannten jugoslawischen Balkan eingezogen gewesen) nicht verstehen können, heute weiß ich, daß mein Großvater keine andere Wahl hatte, als mich in das Internat in der Schrannengasse und also als Vorbereitung auf das Gymnasium in die Andräschule als Hauptschule zu geben, wenn er nicht haben wollte, daß ich aus jeder Art von Mittelschulbildung und also in Konsequenz später Hochschulbildung ausgeschlossen sein sollte, aber auch nur an Flucht zu denken, war sinnlos gewesen, wo die einzige Fluchtmöglichkeit nur die in den Selbstmord gewesen war, und so haben es viele vorgezogen, ihre vom nationalsozialistischen Totalitarismus (und von dieser diesen Totalitarismus wenn auch nicht in allem verherrlichenden, ja anhimmelnden, so doch immer mit Nachdruck fördernden Stadt, die dem jungen hilflosen Menschen auch ohne diesen nationalsozialistischen Totalitarismus als fortwährenden Einfluß auf alles immer nur eine auf nichts als auf Zersetzung und Zerstörung und Abtötung zielende gewesen ist) angeherrschte und damit zum Selbstmord erschütterte Existenz aus dem Fenster zu werfen, von einer der Mönchsbergfelswände herunter, also lieber kurzen und kürzesten und im eigentlichsten elementarsten Sinne des Wortes *kürzesten Prozeß* zu machen, als sich nach und nach durch einen staatlich-faschistisch-sadistischen Erziehungsplan als staatsbeherrschendes Erziehungssystem nach den Regeln der damaligen großdeutschen Menschenerziehungs- und also Menschenvernichtungskunst zerstören und vernichten zu lassen, denn auch der aus einer solchen Anstalt als Internat entlassene und entkommene junge Mensch, und von keinem anderen spreche ich an dieser Stelle, ist für sein weiteres Leben und seine weitere immer zweifelhafte Existenz, gleich wer er ist und gleich was aus ihm wird, in jedem Falle eine zu Tode gedemütigte und zugleich hoffnungslose und dadurch *hoffnungslos ver-*

lorene Natur, als Folge seines Aufenthaltes in einem solchen Erziehungskerker als Erziehungshäftling vernichtet worden, er mag Jahrzehnte weiterleben als was und wo immer. So haben vor allem zwei Ängste in dieser Zeit in dem Zögling, der ich damals gewesen bin, geherrscht, die Angst vor allem und jedem im Internat, vornehmlich die Angst vor dem immer unvermittelt und mit der ganzen militärischen Infamie und Schläue auftauchenden und strafenden Grünkranz, der ein Musteroffizier und Muster-SA-Offizier gewesen war und welchen ich fast niemals in Zivil, immer nur entweder in seiner Hauptmanns- oder in seiner SA-Uniform gesehen habe, dieser wahrscheinlich mit seinen sexuellen und pervers-allgemein-sadistischen Krämpfen und *Wider*krämpfen, wie ich jetzt weiß, niemals fertig werdende, einem Salzburger Liederchor vorstehende durch und durch nationalsozialistische Mensch einerseits und der Krieg andererseits, der auf einmal nicht nur aus den Zeitungen und aus den Berichten der urlaubmachenden Verwandten als Soldaten wie von meinem Vormund, der auf dem Balkan, und von meinem Onkel, der in Norwegen stationiert gewesen war und der mir als genialer Kommunist und Erfinder, der er zeitlebens gewesen ist, immer als ein mich mit in jedem Falle außerordentlichen und gefährlichen Gedanken und unglaublichen und ebenso gefährlichen Ideen konfrontierender Geist und schöpferischer Mensch, wenn auch krankhaft unstabiler Charakter im Gedächtnis geblieben ist, als nur in weiter Ferne sich vollziehender ganz Europa beherrschender menschenfressender *Alptraum als Bericht* gegenwärtig und fühlbar, sondern uns allen auf einmal durch die jetzt schon beinahe täglichen sogenannten Luft- oder Fliegeralarme gegenwärtig gewesen war, zwei Ängste, *zwischen und in* welchen sich diese Internatszeit mehr und mehr zu einer lebensbedrohenden entwickeln mußte. Der Studierstoff war von der Angst vor dem Nationalsozialisten Grünkranz einerseits und von der Angst des Krieges in Form von Hunderten und Tausenden tagtäglich den klaren Himmel verdüsternden und verfinsternden, dröhnenden und drohenden Flugzeugen andererseits in den Hintergrund gedrängt, denn die meiste Zeit hatten wir bald nicht mehr in der Schule, in der Andräschule oder in den Studierzimmern und also mit dem Studienmaterial zusammen, verbracht, sondern in den Luftschutzstollen, die, wie wir monatelang beobachtet hatten, von fremdländischen, vornehmlich russischen und französischen und polnischen und tschechischen Zwangsarbeitern unter unmenschlichen Bedingungen in die beiden Stadtberge getrieben worden waren, riesige, Hunderte Meter lange Stollen, in welche die Stadtbevölkerung zuerst nur aus Neugier und nur zögernd, dann aber, nach den ersten Bombenangriffen auch auf Salzburg, tagtäglich zu Tausenden in Angst und Schrekken hineinströmte, in diese finsteren Höhlen, in welchen sich die fürchterlichsten und sehr oft tödlichen Szenen vor unseren Augen abspielten, denn die

Luftzufuhr in die Stollen war nicht ausreichend, und oft war ich mit Dutzenden, nach und nach mit Hunderten von ohnmächtigen Kindern und Frauen und Männern in diesen finsteren und nassen Stollen zusammen, in welchen ich heute noch die Tausende von in sie hineingeflüchteten Menschen dicht aneinandergedrängt ängstlich stehen und hocken und liegen sehe. Die Stollen in den Stadtbergen waren ein sicherer Aufenthalt vor den Bomben gewesen, aber viele sind in diesen Stollen erstickt oder aus Angst umgekommen, und ich habe viele in den Stollen Umgekommene und als Tote aus den Stollen Hinausgeschleppte gesehen. Manchmal waren sie reihenweise schon gleich nach ihrem Eintritt in den sogenannten Glockengassenstollen, in welchen wir selbst immer hineingegangen waren, alle Internatszöglinge angeführt von eigens dazu bestimmten Anführern, älteren Studenten, Mitschülern, gemeinsam mit Hunderten und Tausenden von Schülern aus anderen Schulen durch die Wolfdietrichstraße am Hexenturm vorbei in die Linzer- und in die Glockengasse, reihenweise schon gleich nach ihrem Eintritt in den Stollen ohnmächtig geworden und mußten, um gerettet zu werden, gleich wieder aus dem Stollen hinausgeschleppt werden. Vor den Stolleneingängen warteten immer mehrere große mit Tragbahren und Wolldecken ausgestattete Autobusse, in welche diese Ohnmächtigen hineingelegt worden sind, aber meistens waren es mehr Ohnmächtige, als in diesen Autobussen Platz gehabt hatten, und die in den Autobussen keinen Platz hatten, wurden unter freiem Himmel vor den Stolleneingängen abgelegt, während die in den Autobussen durch die Stadt in das sogenannte Neutor gefahren worden sind, wo die Autobusse mit diesen in ihnen Liegenden, sehr oft auch in ihnen in der Zwischenzeit Verstorbenen, so lange abgestellt waren, bis *entwarnt* war. Ich selbst war zweimal im Glockengassenstollen ohnmächtig und in einen solchen Autobus hineingeschleppt und während des Alarmzustandes in das Neutor gefahren worden, aber ich hatte mich jedesmal in der frischen Luft außerhalb des Stollens rasch erholt gehabt, so habe ich auch in den Autobussen im Neutor meine Beobachtungen machen können, wie hilflose Frauen und Kinder nach und nach aus ihrer Ohnmacht aufwachten oder ganz einfach nicht mehr aus dieser Ohnmacht aufwachten, und es ist nicht feststellbar gewesen, ob die, die nicht mehr aufwachten, an Erstickung oder aus Angst gestorben sind. Diese an Erstickung oder aus Angst Gestorbenen waren die ersten Opfer dieser sogenannten Luft- oder Terrorangriffe gewesen, bevor noch eine einzige Bombe auf Salzburg gefallen war. Bis es soweit gewesen war, Mitte Oktober neunzehnhundertvierundvierzig, ein vollkommen klarer Herbsttag zu Mittag, sind noch viele auf diese Weise gestorben, sie waren die ersten gewesen von vielen Hunderten oder Tausenden, die dann in den tatsächlichen sogenannten Luftangriffen, Terrorangriffen auf Salzburg umgekommen sind. Einerseits hatten wir Angst vor einem solchen *tatsächlichen* Luft- oder Bomben- oder Terrorangriff auf unsere Heimatstadt, die bis zu diesem Oktobermittag davon völlig verschont geblieben war, andererseits wünschten wir (Zöglinge) alle insgeheim tatsächlich, mit einem solchen Luft- oder Bomben- oder Terrorangriff als *tatsächliches Erlebnis* konfrontiert zu sein, wir hatten unser Erlebnis eines solchen fürchterlichen Vorgangs noch nicht gehabt, und die Wahrheit ist, daß wir es aus (pubertärer) Neugierde herbeiwünschten, daß nach den Hunderten von deutschen und österreichischen Städten, die schon bombardiert und zum Großteil auch schon völlig zerstört und vernichtet waren, wie wir wußten und was uns nicht nur nicht verborgen geblieben, sondern tagtäglich aus allen nur möglichen persönlichen Berichten und aus den Zeitungen mit der ganzen Furchtbarkeit des Authentischen aufgedrängt worden war, daß auch unsere Stadt bombardiert wird, was dann, ich glaube, es war der siebzehnte Oktober, geschehen ist. Wie Hunderte Male vorher, waren wir an diesem Tage gleich anstatt in die Schule oder aus der Schule durch die Wolfdietrichstraße in den Glockengassenstollen hineingegangen und hatten dort mit der in einem jungen Menschen immer größtmöglichen Aufnahme- und Beobachtungs- und also auch Sensationsbereitschaft das sich schon gewohnheitsmäßig vollziehende zweifellos schreckliche und erschreckende Geschehen wahrgenommen, die Angst der in den Stollen stehenden und sitzenden und liegenden mehr oder weniger betroffenen, aber doch ununterbrochen von dem ganzen entsetzlichen Geschehen des Krieges bewußt oder unbewußt schon lange Zeit zur Gänze beherrschten Menschen, vornehmlich der Kinder und Schüler und Frauen und alten Männer, die sich in gegenseitiger Hilflosigkeit und in dem permanenten Dauer- als Lauerzustand des Krieges fortwährend, als wäre das schon ihre einzige Nahrung gewesen, beobachteten und beargwöhnten und die alles schon nur mehr noch apathisch mit ihren vor Angst und Hunger gebrochenen Augen verfolgten, gleichgültig zum Großteil die Erwachsenen alles Geschehende, sich in ihrer ganzen totalen Hilflosigkeit zu Ende Vollziehende hinnehmend. Sie waren wie wir schon längst an die in den Stollen Sterbenden gewöhnt gewesen, hatten längst den Stollen und also die Fürchterlichkeit der Finsternisse des Stollens als ihren tagtäglichen gewohnheitsmäßig aufzusuchenden Aufenthaltsort akzeptiert, die ununterbrochene Demütigung und Zerstörung ihres Wesens. An diesem Tage hatten wir zu der Zeit, in welcher sonst immer die sogenannte Entwarnung gewesen war, auf einmal ein Grollen gehört, eine außergewöhnliche Erderschütterung wahrgenommen, auf die eine vollkommene Stille im Stollen gefolgt war. Die Menschen schauten sich an, sie sagten nichts, aber sie gaben durch ihr Schweigen zu verstehen, daß das, was sie schon monatelang befürchtet hatten, jetzt eingetreten war, und tatsächlich hatte sich bald nach dieser Erderschütterung und dem darauf gefolgten Schweigen von einer Viertelstunde rasch herumgesprochen gehabt, daß auf die Stadt Bomben gefallen waren. Nach der Entwarnung drängten, anders als es bisher ihre Gewohnheit gewesen war, die Menschen aus den Stollen hinaus, sie wollten mit eigenen Augen sehen, was geschehen war. Als wir im Freien gewesen waren, hatten wir aber nichts anderes gesehen als sonst, und wir hatten geglaubt, es sei doch nur wieder ein Gerücht gewesen, daß die Stadt bombardiert worden sei, und wir zweifelten sofort an der Tatsache und hatten uns gleich wieder den Gedanken zu eigen gemacht, daß diese Stadt, die als eine der schönsten auf der Welt bezeichnet wird, nicht bombardiert werden würde, woran wirklich sehr viele in dieser Stadt geglaubt haben. Der Himmel war klar, graublau, und wir hörten und sahen keinerlei Beweis für einen Bombenangriff. Plötzlich hieß es aber doch, die Altstadt, also der Stadtteil auf dem gegenüberliegenden Salzachufer, sei zerstört, *alles* sei dort zerstört. Wir hatten uns einen Bombenangriff anders vorgestellt, es hätte die ganze Erde beben müssen und so fort, und wir liefen durch die Linzergasse hinunter. Jetzt hörten wir alle möglichen Signale als Notsignale von Feuerwehren und Rettungswagen, und als wir hinter dem Gablerbräu über die Bergstraße auf den Makartplatz gelaufen waren, hatten wir plötzlich die ersten Anzeichen der Zerstörung gesehen: die Straßen waren voll Glas- und Mauerschutt, und in der Luft war der eigentümliche

Geruch des totalen Krieges. Ein Volltreffer hatte das sogenannte Mozartwohnhaus zu einem rauchenden Schutthaufen gemacht und die umliegenden Gebäude, wie wir gleich gesehen haben, schwer beschädigt. So fürchterlich dieser Anblick gewesen war, die Menschen waren hier nicht stehengeblieben, sondern in Erwartung einer noch viel größeren Verwüstung weitergelaufen, in die Altstadt, wo man das Zentrum der Zerstörung vermutete und von woher alle möglichen Geräusche und uns bis jetzt unbekannten Gerüche auf eine größere Verheerung hindeuteten. Bis über die sogenannte Staatsbrücke hatte ich keinerlei Veränderung des bekannten Zustandes feststellen können, aber auf dem Alten Markt war, schon von weitem zu sehen, der bekannte und geschätzte Herrenausstatter Slama, ein Geschäft, in welchem, wenn er das Geld und die Gelegenheit dazu hatte, mein Großvater eingekauft hatte, arg in Mitleidenschaft gezogen, sämtliche Fenster des Geschäfts, Auslagenscheiben und die dahinter ausgestellten, wenn auch der Kriegszeit entsprechend minderwertigen, so doch begehrenswerten Kleidungsstücke waren zerschlagen und zerfetzt gewesen, und mich wunderte, daß die Leute, die ich auf dem Alten Markt gesehen hatte, von der Zerstörung des Herrenausstatters Slama kaum Notiz nehmend, in Richtung Residenzplatz liefen, und sofort, wie ich mit mehreren anderen Zöglingen um die Slamaecke gebogen bin, habe ich gewußt, *was* die Menschen hier nicht stehenbleiben, sondern weiterhasten ließ: den Dom hatte eine sogenannte Luftmine getroffen, und die Domkuppel war in das Kirchenschiff gestürzt, und wir waren gerade im richtigen Zeitpunkt auf dem Residenzplatz angekommen: eine riesige Staubwolke lag über dem fürchterlich aufgerissenen Dom, und dort, wo die Kuppel gewesen war, war jetzt ein ebenso großes Loch, und wir konnten schon von der Slamaecke aus direkt auf die großen, zum Großteil brutal abgerissenen Gemälde auf den Kuppelwänden schauen: sie ragten jetzt, angestrahlt von der Nachmittagssonne, in den klarblauen Himmel; wie wenn dem riesigen, das untere Stadtbild beherrschenden Bauwerk eine entsetzlich blutende Wunde in den Rücken gerissen worden wäre, schaute es aus. Der ganze Platz unter dem Dom war voll Mauerbrocken, und die Leute, die gleich uns von allen Seiten herbeigelaufen waren, bestaunten das exemplarische, zweifellos ungeheuer faszinierende Bild, das für mich eine Ungeheuerlichkeit als *Schönheit* gewesen war und von dem für mich kein Erschrecken ausgegangen war, auf einmal war ich mit der absoluten Brutalität des Krieges *konfrontiert,* gleichzeitig von dieser Ungeheuerlichkeit *fasziniert* und verharrte minutenlang, wortlos das noch in Zerstörungsbewegung befindliche Bild, das der Platz mit dem kurz vorher getroffenen und wild aufgerissenen Dom für mich als ein gewaltiges, unfaßbares gewesen war, anschauend. Dann gingen wir, wo alle andern hingingen, in die Kaigasse hinüber, die von Bomben beinahe zur Gänze zerstört war. Lange Zeit standen wir, zur Untätigkeit verurteilt, vor den riesigen qualmenden Schutthaufen, unter welchen, wie es hieß, viele Menschen, wahrscheinlich schon als Tote, begraben waren. Wir schauten auf die Schutthaufen und die auf den Schutthaufen verzweifelt nach Menschen Suchenden, die ganze Hilflosigkeit der plötzlich unmittelbar in den Krieg Hineingekommenen hatte ich in diesem Augenblick gesehen, den vollkommen ausgelieferten und gedemütigten Menschen, der sich urplötzlich seiner Hilflosigkeit und Sinnlosigkeit bewußt geworden ist. Nach und nach waren immer mehr Rettungsmannschaften gekommen, und wir erinnerten uns plötzlich unserer Anstaltsordnung und kehrten um, aber wir gingen dann doch nicht in die Schrannengasse, sondern in die Gstättengasse, aus welcher ebenso große Zerstörungen wie in der Kaigasse gemeldet worden waren. In der Gstättengasse, in dem uralten Hause links vom Mönchsbergaufzug, das zu dieser Zeit noch Verwandten von mir gehörte, die zweifellos zur Zeit des Angriffs in ihrem Hause gewesen waren, habe ich, von dem Haus meiner Verwandten ab, fast alle Gebäude vollkommen vernichtet gesehen, ich hatte bald die Gewißheit, daß meine Verwandten, ein über zweiundzwanzig Nähmaschinen und ihre Opfer herrschender Schneidermeister und seine Familie, lebten. Auf dem Weg in die Gstättengasse war ich auf dem Gehsteig, vor der Bürgerspitalskirche, auf einen weichen Gegenstand getreten, und ich glaubte, es handle sich, wie ich auf den Gegenstand schaute, um eine Puppenhand, auch meine Mitschüler hatten geglaubt, es handelte sich um eine Puppenhand, aber es war eine von einem Kind abgerissene Kinderhand gewesen. Erst bei dem Anblick der Kinderhand war dieser erste Bombenangriff amerikanischer Flugzeuge auf meine Heimatstadt urplötzlich aus einer den Knaben, der ich gewesen war, in einen Fieberzustand versetzenden *Sensation* zu einem *grauenhaften Eingriff der Gewalt* und zur Katastrophe geworden. Und als wir dann, wir waren mehrere, von diesem Fund vor der Bürgerspitalskirche erschrocken, über die Staatsbrücke und gegen alle Vernunft nicht in das Internat zurück, sondern zum Bahnhof hinausgelaufen und in die Fanny von Lehnertstraße hineingegangen sind, wo Bomben in das Konsumgebäude gefallen waren und viele Konsumangestellte getötet hatten, und wie wir hinter dem Eisengitter der Grünanlage des sogenannten Konsums reihenweise mit Leintüchern zugedeckte Tote gesehen haben, deren Füße nackt auf dem staubigen Gras lagen, und wir zum erstenmal Lastautos fahren gesehen haben, die riesige Holzsärgestapel in die Fanny von Lehnertstraße transportierten, war uns augenblicklich und endgültig die Faszination der Sensation vergangen. Ich habe bis heute die im Vorgartengras des Konsumgebäudes liegenden mit Leintüchern zugedeckten Toten nicht vergessen, und komme ich heute in die Nähe des Bahnhofs, sehe ich diese Toten und höre ich diese verzweifelten Stimmen der Angehörigen dieser Toten, und der Geruch von verbranntem Tier- und Menschenfleisch in der Fanny von Lehnertstraße ist auch heute und immer wieder in diesem furchtbaren Bild. Das Geschehen in der Fanny von Lehnertstraße ist ein entscheidendes, mich für mein ganzes Leben verletzendes Geschehen als Erlebnis gewesen. Die Straße heißt auch heute noch Fanny von Lehnertstraße, und der Konsum steht wieder aufgebaut an der gleichen Stelle, aber kein Mensch weiß heute, wenn ich die Leute, die dort wohnen und (oder) arbeiten, frage, etwas von dem, das ich damals in der Fanny von Lehnertstraße gesehen habe, die Zeit macht aus ihren Zeugen immer Vergessende. Die Menschen befanden sich zu dieser Zeit in einem fortwährenden Angstzustand, und beinahe ununterbrochen waren amerikanische Flugzeuge in der Luft, und der Gang in die Stollen war allen in der Stadt zur Gewohnheit geworden, viele hatten sich in der Nacht nicht mehr ausgezogen, damit sie bei Alarm sofort den Koffer oder die Tasche mit ihrem Notwendigsten packen und in die Stollen hineingehen konnten, aber viele in der Stadt begnügten sich damit, nur in ihre eigenen Hauskeller hinunterzugehen, weil sie sich dort schon sicher glaubten, aber die Hauskeller waren, fielen Bomben darauf, Gräber. Es war bald mehr am Tage als in der Nacht Alarm gegeben worden, weil sich die Amerikaner ungehindert in der von den Deutschen, wie es schien, vollkommen verlassenen Luft bewegen konnten, bei hellichtem Tage zogen die Bomberschwärme ihre Bahnen zu deutschen Zielen über die Stadt, und gegen Ende vierundvierzig war *nur noch selten in der Nacht* das Dröhnen und Brummen der sogenannten feindlichen Bombenflugzeuge in der Luft. Aber es gab auch in dieser Zeit noch nächtlichen Fliegeralarm, da waren wir aus den Betten gesprungen und hatten uns angezogen und waren durch die vorschriftsmäßig völlig verdunkelten Gassen und Straßen in die Stollen hinein, die von den Stadtbewohnern immer schon voll gewesen waren, wenn wir hinkamen, denn viele waren schon am Abend, bevor noch Alarm gewesen war, in die Stollen hineingegangen, mit Kind und Kegel, sie hatten es vorgezogen, die Nacht gleich in den Stollen zu verbringen, ohne den Alarm abzuwarten, von dem Sirenengeheul aufgeschreckt und durch die Straßen in die Stollen getrieben zu werden, angesichts der vielen Toten auch in Salzburg nach dem ersten Angriff waren sie zu Tausenden in die Stollen geströmt, in den schwarzen, vor Nässe blinkenden und tatsächlich auch immer lebensgefährlichen, weil viele Todeskrankheiten auslösenden Felsen. Viele haben sich *in den auf jeden Fall krankmachenden Stollen* den Tod geholt. Daß ich einmal von dem Sirenengeheul aufgeschreckt worden bin in der Nacht, denke ich und, ohne zu denken, zwischen den andern durch auf die Toilette gelaufen bin und wieder von der Toilette zurück in den Schlafsaal gegangen und mich niedergelegt habe und sofort wieder eingeschlafen bin. Kurze Zeit später bin ich durch einen Schlag auf den Kopf aufgewacht, der Grünkranz hatte mir mit der Taschenlampe auf den Kopf geschlagen, ich war aufgesprungen und hatte mich, am ganzen Leib zitternd, vor ihm aufgestellt. Da sah ich, unter dem Schein der Taschenlampe, einer sogenannten Stablampe des Grünkranz, daß alle Betten im Schlafsaal leer waren, in diesem Augenblick war mir eingefallen, daß ja Alarm gegeben worden war und alle in den Stollen gegangen sind, ich selbst war aber, anstatt mich anzuziehen wie die andern, auf die Toilette gegangen und hatte da vergessen, daß Alarm war, und hatte mich, aus der Toilette zurückkommend und in den vollkommen ruhigen finsteren Schlafsaal zu meinem Bett tastend, weil ich geglaubt hatte, daß alle im Schlafsaal schliefen, weil ich den Alarm vergessen hatte, wieder in mein Bett gelegt und war sofort eingeschlafen, allein in dem riesigen Schlafsaal, während die andern längst in den Stollen waren, der Grünkranz als sogenannter Luftschutzwart hatte mich aber auf seinem Rundgang entdeckt und ganz einfach durch einen Schlag mit der Stablampe auf den Kopf aufgeweckt. Er ohrfeigte mich und befahl mir, mich anzuziehen, und er werde, sagte er, sich eine Strafe für mein Vergehen *ausdenken* (die Strafe war wahrscheinlich zwei Tage Frühstückslosigkeit gewesen), bevor er mir befahl, in den hauseigenen Luftschutzkeller hinunterzugehen, wo niemand außer seiner Frau, der Frau Grünkranz, zu welcher ich Zutrauen gehabt habe, gewesen war, die Grünkranz saß in der Kellerecke, und ich durfte mich zu ihr setzen, und die Anwesenheit dieser mütterlichen und, wo sie konnte, mich immer beschützenden Frau beruhigte mich. Ich hatte ihr erzählt, daß ich, wie alle ändern Zöglinge auch, aufgestanden, aber, anstatt mich anzuziehen und mit ihnen in die Stollen zu gehen, auf die Toilette gegangen war und dann, nach der Rückkehr in den Schlafsaal, auf den Alarm vergessen gehabt und mich wieder niedergelegt hatte, das hätte den Herrn Direktor, ihren Mann, aufgebracht. Ich hatte nicht gesagt, daß ihr Mann mir mit der Stablampe auf den Kopf geschlagen hatte, um mich aufzuwekken, nur daß ich eine Bestrafung zu gewärtigen hätte. In der Nacht waren keine Bomben gefallen. Die Hausordnung im Internat war völlig über den Haufen geworfen, weil immer wieder Alarm gewesen war, gleich was für eine Tätigkeit, sie war bei Alarm sofort abgebrochen worden, und alles ist in die Stollen gegangen, noch während des Sirenengeheuls bewegte sich der Menschenstrom auf die Stollen zu, und vor den Eingängen spielten sich immer entsetzliche Szenen der Gewalttätigkeit ab, hinein drängten die Menschen mit der ganzen ihnen angeborenen und nicht mehr zurückgehaltenen Brutalität genauso wie heraus, und die Schwachen waren sehr oft ganz einfach niedergetrampelt worden. In den Stollen selbst, in welchen die meisten schon ihre angestammten Plätze hatten, waren immer dieselben zusammen, die Menschen hatten Gruppen gebildet, diese Hunderte von Gruppen hockten stundenlang auf dem Steinboden, und manchmal, wenn die Luft ausging und sie reihenweise ohnmächtig wurden, fingen alle zu schreien an, und dann war es auch oft wieder so still, daß man glaubte, diese Tausende in den Stollen wären schon tot. Auf bereitgestellten langen Holztischen waren die Ohnmächtigen abgelegt, bevor sie aus den Stollen hinausgeschleppt worden sind, und mir sind die vielen völlig nackten Frauenkörper auf diesen Tischen noch in Erinnerung, die von Sanitäterinnen und Sanitätern und sehr oft auch von uns selbst unter Anleitung massiert worden sind, um sie am Leben zu erhalten. Diese ganze ausgehungerte und bleiche Todesgesellschaft in den Stollen war von Tag zu Tag und von Nacht zu Nacht gespenstischer. In den Stollen in einer nichts als angstvollen und hoffnungslosen Finsternis hockend, redete diese Todesgesellschaft auch noch immer vom Tod und von nichts sonst, alle bekanntgewordenen und selbsterlebten Kriegsschrecken und Tausende von Todesbotschaften aus allen Richtungen und aus ganz Deutschland und Europa waren hier in den Stollen von allen immer mit großer Eindringlichkeit besprochen worden, während sie hier in den Stollen saßen, breiteten sie in der Finsternis, die hier herrschte, hemmungslos den Untergang Deutschlands und die mehr und mehr zur allergrößten Weltkatastrophe sich entwikkelnde Gegenwart aus und hörten damit nur auf in totaler Erschöpfung. Sehr oft waren alle im Stollen von einem fürchterlichen, alles in ihnen niederschlagenden Erschöpfungszustand erfaßt worden, und zum großen Teil lagen sie in langen Haufenreihen eingeschlafen an den Wänden, zugedeckt von ihren Kleidungsstücken und oft schon gänzlich unbeeindruckt von den da und dort hör- und sichtbaren Sterbezuständen ihrer Mitmenschen. Die meiste Zeit waren wir Zöglinge in dieser Zeit in den Stollen, an Lernen, gar Studieren, war bald nicht mehr zu denken gewesen, aber der Internatsbetrieb war krampfhaft und krankhaft aufrechterhalten worden, obwohl wir beispielsweise sehr oft erst um fünf Uhr früh aus den Stollen in das Internat zurückgekommen waren, sind wir doch nach Vorschrift schon um sechs wieder aufgestanden und in den Waschraum und sind pünktlich um halb sieben im Studierzimmer gewesen, in totaler Erschöpfung war aber an Studieren im Studierzimmer nicht mehr zu denken gewesen, und das Frühstücken war sehr oft nichts anderes als schon wieder der Aufbruch in die Stollen, auf diese Weise sind wir oft tagelang gar nicht mehr in die Schule und zu einem Unterricht gekommen. So sehe ich mich in dieser Zeit beinahe nur mehr noch durch die Wolfdietrichstraße in die Stollen gehen und aus den Stollen durch die Wolfdietrichstraße zurück in das Internat, immer in Scharen, und die zu immer unregelmäßigeren Zeiten stattfindenden, sich auch noch von Tag zu Tag verschlechternden Mahlzeiten waren nur Wartezeiten auf das neuerliche Aufsuchen der Stollen gewesen. War es bald beinahe überhaupt nicht mehr zum Unterricht in der Andräschule gekommen, weil die Schule schon bei der sogenannten *Vorwarnung* geschlossen und die Schüler aufgefordert worden waren, die Schule zu verlassen und in die Stollen zu gehen, und jeden Tag gegen neun Uhr war ja schon Vorwarnung gewesen, und der Unterricht um acht hatte auch immer nur mehr daraus bestanden, auf die Vorwarnung um neun Uhr zu warten, und kein Lehrer hatte sich mehr in einen tatsächlichen Unterricht eingelassen, alles wartete nur darauf, daß Vorwarnung ist und daß in die Stollen gegangen wird, die Schultaschen sind gar nicht mehr ausgepackt worden, lagen nur griffbereit auf den Lernpulten, die Lehrer vertrieben die Zeit von acht bis neun, bis zur Vorwarnung, mit dem Kommentieren von Zeitungsberichten oder mit dem Berichten von Todesfällen, oder sie schilderten die Zerstörung vieler berühmter deutscher Städte, so war es, was mich betrifft, doch immer zum Englisch- und Geigenunterricht gekommen, denn die Zeit zwischen zwei und vier Uhr war meistens ohne Alarm gewesen. Der Geigenlehrer Steiner unterrichtete mich unbekümmert immer noch im dritten Stock seines Hauses, die Englischlehrerin nur mehr noch in der finsteren ebenerdigen Gaststube in der Linzergasse. Eines Tages, wahrscheinlich nach dem zweiten Bombenangriff auf die Stadt, war aus dem Gasthaus in der Linzergasse, in welchem mich die Dame aus Hannover unterrichtet hatte, ein Schutthaufen geworden, ich hatte von der vollkommenen Zerstörung des

Gasthauses keine Ahnung gehabt und war wie immer in die Nachhilfestunde gegangen, plötzlich vor dem Schutthaufen stehend, war mir von jemandem, den ich nicht gekannt habe, der aber offensichtlich mich gekannt hat, gesagt worden, unter dem Schutthaufen lägen alle Bewohner des Gasthauses, auch meine Englischlehrerin. Vor dem Schutthaufen stehend, hörte ich einerseits, was der Unbekannte auf mich einredete, und dachte gleichzeitig an meine nun umgekommene Englischlehrerin aus Hannover, die ja, nachdem sie in Hannover total *ausgebombt* worden war (so die Bezeichnung für einen Menschen, der in einem Luftangriff oder Fliegerangriff oder sogenannten Terrorangriff alles verloren hat), nach Salzburg geflüchtet ist, um hier vor den Bomben sicher zu sein, und die hier nicht nur *wieder* alles verloren hat, sondern selbst getötet worden ist. Heute steht ein Kino auf dem Platz, das einmal ein Gasthaus gewesen war, in welchem mich die Dame aus Hannover in Englisch unterrichtet hatte, und kein Mensch weiß, wovon ich rede, wenn ich davon rede, wie überhaupt alle, wie es scheint, ihr Gedächtnis verloren haben, die vielen zerstörten Häuser und getöteten Menschen von damals betreffend, alles vergessen haben oder nichts mehr davon wissen wollen, wenn man sie darauf anspricht, und komme ich heute in die Stadt, rede ich doch immer wieder die Leute nach dieser fürchterlichen Zeit an, aber sie reagieren kopfschüttelnd. In mir selbst sind diese furchtbaren Erlebnisse immer noch so gegenwärtig, wie wenn sie gestern gewesen wären, Geräusche und Gerüche sind augenblicklich da, wenn ich in die Stadt komme, die ihre Erinnerung ausgelöscht hat, wie es scheint, ich spreche, wenn ich hier mit Menschen spreche, die tatsächlich alte Einwohner dieser Stadt sind und die dasselbe erlebt haben müssen wie ich, mit den Irritiertesten, Unwissendsten, Vergeßlichsten, es ist, als redete ich mit einer einzigen verletzenden, und zwar geistesverletzenden Ignoration. Wie ich vor dem total zerstörten Gasthaus und also vor dem Trümmerhaufen gestanden bin und die Englischlehrerin aus Hannover auf einmal nichts als Erinnerung gewesen war, hatte ich nicht einmal geweint, obwohl mir zum Weinen gewesen war, und ich weiß noch, daß ich, plötzlich den Umstand bemerkend, daß ich in der Hand ein Kuvert hatte, in welchem das von meinem Großvater der Englischlehrerin für ihre Bemühungen, mich Englisch zu lehren, zu zahlende Geld war, überlegt habe, ob ich nicht zu Hause sagen sollte, ich habe der Englischlehrerin, der Dame aus Hannover, *noch vor ihrem fürchterlichen Tod das Geld gegeben;* ich weiß nicht, ich kann also nicht sagen, *wie* ich gehandelt habe, wahrscheinlich habe ich zu Hause gesagt, ich habe der Dame noch vor ihrem Tod die Stunden bezahlt. So hatte ich auf einmal keine Englischstunden mehr, nur mehr noch Geigenstunden. Während des Geigenunterrichts schaute ich, die Anordnungen meines strengen, nervösen Lehrers befolgend, einerseits also die Befehle des Steiner aufnehmend und ausführend, andererseits alles, nur nicht das den Geigenunterricht Betreffende denkend und dadurch selbstverständlich im Geigenunterricht nicht vorwärts kommend, auf den Sebastiansfriedhof hinunter, auf das schöne Kuppelmausoleum des Erzbischofs Wolfdietrich und auf die Gräber als Grab*denkmäler* und Grüfte, die von der Zeit schon wieder halb geöffnet waren und eine furchtbare, mich ängstigende Kälte ausströmten, hinunter auf die Friedhofsarkaden mit den Namen der Salzburger Bürger, unter welchen viele Namen von mit mir Verwandten stehen. Ich war schon immer gern auf die Friedhöfe gegangen, das hatte ich von meiner Großmutter mütterlicherseits, die eine leidenschaftliche Friedhofsgängerin und vor allem Leichenhallen- und Aufbahrungsbesucherin gewesen war und mich sehr oft schon als kleines Kind auf die Friedhöfe mitgenommen hatte, um mir die Toten zu zeigen, ganz gleich welche, mit ihr gar nicht verwandte, aber doch immer auf den Friedhöfen aufgebahrte Tote, sie war von den Toten, von den aufgebahrten Toten immer fasziniert gewesen und hatte immer versucht, diese ihre *Faszination als Leidenschaft* auf mich zu übertragen, sie hatte mich aber doch immer nur mit ihrem Hochheben meiner Person zu den aufgebahrten Toten hin geängstigt, ich sehe sehr oft heute noch, wie sie mich in die Leichenhallen hineinführt und mich hochhebt zu den aufgebahrten Toten und so lange hochhebt, als sie es aushalten hat können, immer wieder ihr *siehst du, siehst du, siehst* *du* und so lange hochgehalten hat, bis ich geweint habe, dann hat sie mich auf den Boden gestellt und selbst noch lange auf den aufgebahrten Toten geschaut, bevor wir wieder aus der Aufbahrungshalle hinausgegangen sind. Wöchentlich mehrere Male hatte mich meine Großmutter auf die Friedhöfe und in die Leichenhallen mitgenommen, regelmäßig hatte sie die Friedhöfe besucht, zuerst die Gräber der Verwandten mit mir besucht, dann lange Zeit alle anderen Gräber und Grüfte in Augenschein nehmend, wobei ihr wahrscheinlich kein einziges Grab entgangen war, sie wußte alles über alle Gräber, wie alle Gräber ausschauten, in welchem Zustand sie sich befanden und alle auf diesen Gräbern und Grüften stehenden Namen waren ihr immer geläufig gewesen, so hatte sie einen unerschöpflichen Gesprächsstoff in jeder Gesellschaft. Und wahrscheinlich hatte ich die zugegeben immer große eigene Faszination für die Friedhöfe und auf den Friedhöfen von meiner Großmutter, die mich in nichts mehr geschult hat als in Friedhofsbesuchen und in der Betrachtung und Anschauung der Gräber und in der intensiven Betrachtung und Beobachtung der Aufgebahrten. Sie hatte sogenannte Lieblingsfriedhöfe und alle Friedhöfe, die sie in ihrem Leben kennengelernt und immer und immer wieder aufgesucht hat, solche ihre Lebensstationen markierende Friedhöfe in Meran und in München, in Basel und in Ilmenau in Thüringen, in Speyer und in Wien und in ihrer Heimatstadt Salzburg, wo ihr Lieblingsfriedhof nicht der von Sankt Peter, der oft als der schönste Friedhof der Welt bezeichnet wird, war, sondern der Kommunalfriedhof, auf welchem die meisten meiner Verwandten und schon verstorbenen Weggefährten begraben sind. Mir selber aber ist immer der Sebastiansfriedhof der unheimlichste und dadurch faszinierendste gewesen, und ich bin sehr oft stundenlang auf dem Sebastiansfriedhof gewesen, allein und in todessüchtiger Meditation. Während des Geigenunterrichts, auf den Sebastiansfriedhof hinunterschauend, dachte ich immer, wenn ich nur von dem Steiner in Ruhe gelassen da unten für mich selbst sein könnte, von Grab zu Grab gehend, wie ich das von meiner Großmutter gelernt habe, in Gedanken an die Toten und an den Tod und die Natur zwischen und auf den Gräbern beobachtend, wie sie hier in völliger Abgeschiedenheit die Jahreszeiten ankündigte und wechselte, dieser Friedhof war aufgelassen, und die ehemaligen Besitzer der Grabstätten kümmerten sich nicht mehr um ihren Besitz; oft setzte ich mich auf einen umgefallenen Grabstein, um mich, für ein, zwei Stunden dem Internat entkommen, zu beruhigen. Der Steiner hatte mich zuerst auf der Dreiviertelgeige unterrichtet, dann auf der sogenannten Ganzen, während seines theoretischen und praktischen Unterrichts, jede einzelne Passage aus dem zum Grundstudium herangezogenen Ševčik hatte er mir vorgespielt, worauf ich ihm nachzuspielen hatte, immer wieder aus dem Ševčik, aber doch nach und nach schon klassische Sonaten und andere Stücke, und er klopfte mir in ganz bestimmten, aber immer unvorhergesehenen Augenblicken züchtigend mit seinem Geigenbogen auf die Finger, in zu ihm, zu seinem von und mit der Zeit vollkommen rhythmisierten Wesen passenden Zeitabständen, denn er war beinahe immer wütend über meine Zerstreutheit gewesen, über meinen Widerstand und schon krankhaften Widerwillen gegen das Geigen*lernen*, denn hatte ich einerseits die größte Lust, Geige zu spielen, die größte, Musik zu machen, weil mir Musik das Schönste überhaupt auf der Welt gewesen war, so haßte ich jede Art von Theorie und Lernprozeß und also, durch fortwährendes aufmerksamstes Befolgen der Regeln des Geigenstudiums in diesem weiterzukommen, ich spielte nach eigenem Empfinden das Virtuoseste und konnte nach Noten nicht das Einfachste einwandfrei, was meinen Lehrer Steiner naturgemäß gegen mich aufbringen mußte, und ich wunderte mich immer wieder, daß er den Unterricht mit mir fortsetzte und nicht ganz einfach von einem Augenblick auf den andern einmal abgebrochen und mich mit Schimpf und Schande nach Hause geschickt hat mit meiner Geige. Die von mir auf meiner Geige produzierte Musik war dem Laien die außerordentlichste und meinen eigenen Ohren die gekonnteste und aufregendste, wenn sie auch eine vollkommen selbsterfundene gewesen war, die mit der Mathematik der Musik nicht das geringste zu tun gehabt hatte, nur mit meinem, so doch Steiner immer wieder, *hochmusikalischen Gehör,* das Ausdruck meines *hochmusikalischen Empfindens* gewesen war, wie der Steiner auch immer zu meinem für diese Geigenstunden aufkommenden Großvater gesagt hatte, Ausdruck meines *hochmusikalischen Talents,* aber diese von mir allein zur Selbstbefriedigung gespielte Geigenmusik war im Grunde keine andere als dilettantisch meine Melancholien *untermalende* Musik, die mich naturgemäß daran hinderte, in meinem Geigenstudium, das ein ordentliches hätte sein sollen, weiterzukommen, ich beherrschte, um es kurz zu sagen, die Geige virtuos, aber ich konnte darauf niemals korrekt nach Noten spielen, was den Steiner nicht nur mit der Zeit verdrießen, sondern verärgern mußte. Der Grad meines musikalischen Talents war zweifellos der höchste gewesen, ebenso aber auch der Grad meiner Nichtdisziplin und der Grad meiner sogenannten Zerstreutheit. Die Unterrichtsstunden bei Steiner waren nichts anderes als die sich immer noch intensivierende Aussichtslosigkeit seiner Bemühungen. Gerade in dem Wechsel zwischen Geigen- und Englischstunden, zweier vollkommen konträrer Disziplinierungen, hatte ich, abgesehen davon, daß diese beiden mir ermöglichten, in regelmäßigen Abständen ganz korrekt aus dem Internat hinauszukommen, in dem Wechsel von der mich Englisch lehrenden Dame in der Linzergasse, die mich immer beruhigt und auf die sorgfältigste Weise belehrt und mir in jedem Falle ein freundlicher, meine Zuneigung immer noch vergrößernder Mensch gewesen war, zu dem mich doch immer nur peinigenden und deprimierenden Steiner in der Wolfdietrichstraße, von dem Englischen zweimal in der Woche also zum Geigenunterricht zweimal in der Woche, einen mich für die Strenge und fortwährende Züchtigungs- und Verletzungstortur in der Schrannengasse entschädigenden Gegensatz gehabt, und nach dem Verlust der Dame aus Hannover und der Englischstunden war ich gänzlich aus dem Gleichgewicht gekommen, denn die Geigenstunden in der Wolfdietrichstraße allein, ohne die Englischstunden in der Linzergasse, waren kein Gegensatz und kein Ausgleich für alles das gewesen, was das Internat für mich bedeutete und das ich schon angedeutet habe, diese Geigenstunden allein verstärkten nur, was ich im Internat zu überstehen gehabt hatte. Die Aussichtslosigkeit, mir die Kunst des Geigenspiels beizubringen, und es war wohl doch der Wunsch meines Großvaters gewesen, aus mir einen Künstler zu machen, daß ich *ein künstlerischer Mensch* gewesen war, diese Tatsache hatte ihn zu dem Ziel verleiten müssen, *aus mir einen Künstler* zu machen, und er hatte mit der ganzen Liebe für den auch ihm zeitlebens nur in Liebe verbundenen Enkel immer alles versucht, aus mir einen Künstler zu machen, aus dem künstlerischen Menschen einen Künstler, einen Musikkünstler oder einen Maler, denn auch zu einem Maler hatte er mich später, nach meiner Salzburger Internatszeit, geschickt, damit ich malen lernte, und immer wieder hatte er dem Knaben und

Jüngling auch nur von den größten Künstlern und von Mozart und Rembrandt und von Beethoven und Leonardo und von Bruckner und Delacroix gesprochen, immer mir gegenüber von allen Großen, die er bewunderte, gesprochen und mit Eindringlichkeit mich immer wieder schon als Kind auf *das Große* hingewiesen und auf das Große gedeutet und mir das Große zu deuten versucht, die Aussichtslosigkeit, mir die Kunst des Geigenspielens beizubringen aber war von Geigenstunde zu Geigenstunde offensichtlicher, für meinen Großvater, den ich liebte, hatte ich im Geigenspielen ja weiterkommen wollen, etwas erreichen wollen in der Geigenkunst, aber der Wille, meinem Großvater den Gefallen zu tun, ihm den Wunsch, ein Geigen*künstler* zu werden, zu erfüllen, genügte allein nicht, ich versagte in jeder Geigenstunde auf das kläglichste, und der Steiner reagierte immer in der Weise darauf, daß er mein Versagen als ein *Verbrechen* bezeichnete, ein Mensch *in einer solchen hochmusikalischen Verfassung* wie ich begehe mit dem *Zerstreuungsverbrechen* das größte Verbrechen überhaupt, meinte er immer wieder und, was auch für mich selbst klar und fürchterlich gewesen war, die Gelder meines Großvaters für meinen Geigenunterricht seien zum Fenster hinausgeworfen, mein Großvater sei aber, so Steiner, ein ihm so sympathischer Mensch, daß er ihm nicht ins Gesicht sagen könne, er solle die Hoffnung, daß aus mir auf der Geige etwas zu machen sei, aufgeben, und wahrscheinlich dachte der Steiner auch, daß zu dieser chaotischen Zeit des bevorstehenden Kriegsendes ja alles tatsächlich und diese ganze Sache mit mir also selbstverständlich auch schon vollkommen gleich sei. Deprimiert war ich aber noch sehr oft am Hexenturm vorbei in die Wolfdietrichstraße und wieder zurück gewandert, und die Geige war ja auch *mein kostbares Melancholieinstrument* gewesen, das mir, wie ich schon angedeutet habe, Zugang in die Schuhkammer verschaffte und in alle schon angedeuteten Umstände und Zustände in der Schuhkammer. Obwohl ich sehr viele Verwandte hatte in der Stadt, bei welchen ich als Kind, mit der Großmutter vor allem, vom Land herein in die Stadt gefahren, zu Besuch gewesen war, in vielen dieser alten Häuser an beiden Salzachufern, und ich kann sagen, daß ich mit Hunderten von Salzburger Bürgern verwandt war und auch heute noch verwandt bin, hatte ich doch niemals auch nur das geringste Verlangen gehabt, diese Verwandten aufzusuchen, instinktiv glaubte ich nicht an die Nützlichkeit solcher Verwandtenbesuche, und was hätte es geholfen, diesen Verwandten, die, *wie ich heute sehe, nicht nur instinktiv fühle* wie damals, vollkommen eingeschlossen sind in ihre tagtägliche Stumpfsinn verarbeitende Industrie, diesen Verwandten mein Leid zu klagen, ich wäre auf nichts anderes als auf völlige Verständnislosigkeit gestoßen, wie ich ja auch heute, ginge ich hin, nur auf Verständnislosigkeit stoßen würde. Der Knabe, der alle diese zum Teil sehr wohlhabenden Verwandten nacheinander einmal besucht hatte an der Hand der Großmutter zu allen möglichen familiären Gelegenheiten, hatte diese Leute wahrscheinlich gleich vollkommen durchschaut gehabt und ganz richtig reagiert, er besuchte sie nicht mehr, sie waren zwar hinter ihren Mauern in allen diesen alten Gassen und auf allen diesen alten Plätzen vorhanden, und sie lebten ein recht einträgliches und daher recht wohlhabendes Leben, aber er suchte sie nicht auf, lieber wäre er zugrunde gegangen, als sie aufzusuchen, sie waren ihm von allem Anfang an immer nur widerwärtig gewesen und sie sind ihm über Jahrzehnte widerwärtig geblieben, nur auf ihren Besitz konzentriert und auf ihren Ruf bedacht und in katholischer oder nationalsozialistischer Stumpfsinnigkeit vollkommen aufgegangen, hätten sie auch dem Knaben aus dem Internat nichts zu sagen gehabt, geschweige denn, dem bei ihnen Hilfesuchenden geholfen, im Gegenteil, er wäre, wenn er zu ihnen gegangen wäre und selbst in der fürchterlichsten Verfassung, von ihnen nur vor den Kopf gestoßen und von ihnen zur Gänze vernichtet worden. Die Einwohner in dieser Stadt sind durch und durch kalt und ihr tägliches Brot ist die Gemeinheit und die niederträchtige Berechnung ist ihr besonderes Kennzeichen, daß er bei solchen Menschen auf nichts als völlige Verständnislosigkeit gestoßen wäre in seinen Ängsten und Hunderten von Verzweiflungen, war ihm klar gewesen, er suchte sie also niemals auf. Und von seinem Großvater hatte er naturgemäß auch nur eine fürchterliche Beschreibung dieser Verwandten. So war ich, der ich in dieser Stadt mehr Verwandte hatte als alle andern im Internat, denn die meisten hatten überhaupt keinen Verwandten in Salzburg, gleichzeitig der Verlassenste von allen. Nicht ein einziges Mal war ich, auch nicht in der größten Bedrängnis, in eines dieser Verwandtenhäuser hineingegangen, immer wieder *vorbeigegangen ja, aber niemals hineingegangen.* Zu viele ihn vor den Kopf stoßende Erfahrungen mit den Salzburgern und vor allem mit den uns verwandten hatte schon mein Großvater machen müssen, als daß es mir möglich gewesen wäre, in die Häuser dieser Verwandten hineinzugehen, es hätte viele Gründe gegeben, hineinzugehen, aber es hatte immer doch nur letzten Endes den einzigen gegeben, *nicht* hineinzugehen, mich mit diesen Menschen einzulassen, hatte ich mir ganz einfach nicht gestatten können, wo soviel Unverständnis und soviel Unmenschlichkeit in jedem einzelnen dieser von dieser Stadt und ihrer kalten und tödlichen Atmosphäre abgekühlten und abgetöteten Verwandten gewesen war. Schon mein Großvater war von diesen seinen salzburgischen Verwandten zutiefst getäuscht und enttäuscht gewesen, sie hatten ihn in allem und jedem nur hintergangen gehabt und in tiefstes Unglück gestürzt, wo er geglaubt hatte, sich hilfesuchend an sie wenden zu können, anstatt Rückhalt bei diesen zu haben in der Zeit seiner eigenen studentischen Ausweglosigkeit und auch später, als im Ausland Gescheiterter, in seine Heimat Zurückgekommener und, wie ich heute sagen muß, unter den fürchterlichsten und erbärmlichsten Umständen auf seine Heimat und Heimatstadt Heruntergekommener, war er nichts als endgültig diffamiert und im Grunde von diesen seinen eigenen Verwandten und von den Salzburgern insgesamt vernichtet worden. Die Geschichte seines Todes hatte dann auch noch einen traurigen und zugleich lächerlichen, aber für diese Stadt und ihre Lenker und ihre Bewohner bezeichnenden Höhepunkt: zehn Tage war mein Großvater auf dem Maxglaner Friedhof aufgebahrt gewesen, aber der Pfarrer von Maxglan hatte seine Bestattung verweigert, weil mein Großvater *nicht kirchlich verheiratet* gewesen war, die hinterbliebene Frau, meine Großmutter, und ihr Sohn hatten alles *Menschenmögliche* unternommen, um eine Bestattung auf dem Maxglaner Friedhof, welcher für meinen Großvater zuständig gewesen war, zu erreichen, aber seine Bestattung auf dem Maxglaner Friedhof, auf welchem bestattet zu sein mein Großvater gewünscht hatte, war nicht erlaubt worden. Und auch kein anderer Friedhof, außer dem Kommunalfriedhof, der meinem Großvater aber verhaßt gewesen war, hatte meinen Großvater aufgenommen, keiner der katholisch-kirchlichen Friedhöfe in der Stadt, denn meine Großmutter und ihr Sohn sind auf alle Friedhöfe gegangen und haben um die Erlaubnis gebeten, mein Großvater möge auf einem der Friedhöfe aufgenommen und bestattet werden, aber mein Großvater ist auf keinem einzigen dieser Friedhöfe aufgenommen worden, *weil er nicht kirchlich verheiratet* gewesen war. Und das im Jahre 1949! Erst als mein Onkel, sein Sohn, zum Erzbischof gegangen und diesem gesagt hatte, er werde die schon in fortgeschrittener Verwesung befindliche Leiche seines Vaters, meines Großvaters, weil sie in keinem katholischen Friedhof der Stadt angenommen worden sei, weil er ja nicht wisse, wohin mit der Leiche seines Vaters, ihm, dem Erzbischof, vor die Palasttüre legen, hatte der Erzbischof die Erlaubnis zur Bestattung meines Großvaters auf dem Maxglaner Friedhof gegeben. Ich selbst habe an diesem Begräbnis, das wahrscheinlich eines der traurigsten Begräbnisse in dieser Stadt überhaupt gewesen ist und das, wie ich weiß, mit allen nur denkbaren Peinlichkeiten in Szene gegangen war, weil ich, an einer schweren Lungenkrankheit erkrankt, im Spital gelegen war, nicht teilgenommen. Heute ist das Grab meines Großvaters ein sogenanntes Ehrengrab. Diese Stadt hat alle, deren Verstand sie nicht mehr verstehen konnte, ausgestoßen und niemals, unter keinen Umständen, mehr zurückgenommen, wie ich aus Erfahrung weiß, und sie ist mir aus diesen aus Hunderten von traurigen und gemeinen und entsetzlichen und tatsächlich tödlichen Erfahrungen zusammengesetzten Gründen immer eine mehr und mehr unerträgliche geworden und bis heute im Grunde unerträgliche geblieben und jede andere Behauptung wäre falsch und Lüge und Verleumdung und diese Notizen müssen jetzt notiert sein und nicht später, und zwar in diesem Augenblick, in welchem ich die Möglichkeit habe, mich vorbehaltlos in den Zustand meiner Kindheit und Jugend und vor allem meiner Salzburger Lern- und Studierzeit zu versetzen mit der für eine solche Beschreibung als Andeutung notwendigen Unbestechlichkeit und aufrichtigen Schuldigkeit, dieser Augenblick, zu sagen, was gesagt werden muß, was angedeutet sein muß, muß ausgenutzt werden, der Wahrheit von damals, der Wirklichkeit und Tatsächlichkeit, wenigstens in Andeutung zu ihrem Recht zu verhelfen, denn allzu leicht kommt auf einmal nur mehr noch die Zeit der Verschönerung und der unzulässigen Abschwächung, und alles ist diese Lern- und Studierstadt Salzburg für mich gewesen, nur keine schöne, nur keine erträgliche, nur keine, welcher ich heute zu verzeihen hätte, indem ich sie verfälsche. Diese Stadt ist immer nur eine mich peinigende gewesen, und sie hat Freude und Glück und Geborgenheit dem Kind und dem Jüngling, der ich damals gewesen bin, einfach nicht zugelassen, sie ist niemals gewesen, was von ihr immer behauptet wird, aus Geschäftsgründen oder ganz einfach aus Verantwortungslosigkeit, ein Ort, in welchem ein junger Mensch gut aufgehoben ist und gut gedeiht, ja froh und glücklich sein muß, diese frohen und glücklichen Augenblicke, die ich in dieser Stadt erlebt habe, sind an den Fingern abzuzählen, und sie sind teuer bezahlt worden. Und es war nicht nur diese unglückliche Zeit mit ihrem

Krieg und mit ihren Verwüstungen auf der Oberfläche und der auf dieser Oberfläche existierenden Menschen, mit ihrer nur auf Natur- und Menschenschändung hinzielenden Geistesverfassung, nicht nur der Umstand des Niederganges und der totalen Verdunkelung Deutschlands und ganz Europas gewesen, der mich auch heute noch diese Zeit als meine finsterste und in jeder Hinsicht qualvollste klassifizieren läßt, und nicht nur die in dieser Zeit- und Menschen- und allgemeinen Naturverfinsterung besonders große Anfälligkeit meines für alle Naturverhältnisse in hohem Maße immer auf die fatale Weise empfängliche eigene, diesen und allen Naturverhältnissen im Grunde immer vollkommen ausgelieferte Natur, es war (und es ist) der nicht für mich allein tödliche Geist dieser Stadt, dieser nicht für mich allein *tödliche Todesboden.* Die Schönheit dieses Ortes und dieser Landschaft, von welcher alle Welt spricht, und zwar fortwährend und immer nur auf die gedankenloseste Weise und in tatsächlich unerlaubtem Tone, *ist genau jenes tödliche Element auf diesem tödlichen Boden,* hier werden die Menschen, die an diese Stadt und an diese Landschaft durch Geburt oder auf eine andere radikale unverschuldete Weise gebunden und mit Naturgewalt daran gekettet sind, fortwährend von dieser weltberühmten Schönheit erdrückt. Eine solche weltberühmte Schönheit in Verbindung mit einem solchen menschenfeindlichen Klima ist tödlich. Und gerade hier, auf diesem mir angeborenen Todesboden, bin ich zu

Hause und mehr in dieser (tödlichen) Stadt und in dieser (tödlichen) Gegend zu Hause als andere, und wenn ich heute durch diese Stadt gehe und glaube, daß diese Stadt nichts mit mir zu tun hat, weil ich nichts mit ihr zu tun haben will, weil ich schon lange mit ihr nichts mehr zu tun haben will, so ist doch alles in mir (und an mir) *aus ihr,* und ich und die Stadt sind eine lebenslängliche, untrennbare, wenn auch fürchterliche Beziehung. Denn tatsächlich ist alles in mir auf diese Stadt und auf diese Landschaft bezogen und zurückzuführen, ich kann tun und denken, was ich will, und diese Tatsache wird mir immer noch stärker bewußt, sie wird mir eines Tages so stark bewußt sein, daß ich an dieser Tatsache als Bewußtsein zugrunde gehen werde. Denn alles in mir ist dieser Stadt als Herkunft ausgeliefert. Aber was ich heute ohne weiteres ertragen und ohne weiteres ignorieren kann, habe ich in diesen Lern- und Studierjahren nicht ertragen und ignorieren können, und ich rede von diesem Zustand der Unbeholfenheit und totalen Hilflosigkeit *des Knaben,* die die Unbeholfenheit und totale Hilflosigkeit eines jeden Menschen in diesem ungeschützten Alter sind. Das Gemüt war ganz einfach in dieser Zeit beinahe zugrunde gegangen, und diese *Gemütsverdüsterung* und *Gemütsverfinsterung als Gemütszerstörung* ist von niemandem, *von keinem einzigen Menschen, wahrgenommen* worden, daß es sich *um einen Krankheitszustand handelte als Todeskrankheit,* gegen den und gegen die nichts getan worden ist. Das

Ausgeliefertsein im Internat und in der Schule und vor allem (in Unterdrückung) dem Grünkranz und seinen Gehilfen einerseits und die Kriegszustände sowie die auf deren Feindseligkeit beruhende Feindlichkeit meinen Verwandten gegenüber andererseits, die Tatsache, daß der junge Mensch überhaupt nirgends in dieser Stadt einen ihn schützenden Punkt hatte, machte ihn immer unglücklicher, und seine einzige Hoffnung ist bald nur mehr noch die Hoffnung auf die Schließung des Internats gewesen, von welcher schon nach dem zweiten Bombenangriff gesprochen, die aber erst lange nach dem vierten oder fünften Bombenangriff vollzogen worden ist. Ich bin nach dem dritten Bombenangriff von meiner Großmutter abgeholt und zu meinen Großeltern auf das Land zurückgeholt worden, sie hatten diesen schwersten aller Bombenangriffe auf die Stadt mit eigenen Augen aus der geschützten sechsunddreißig Kilometer weiten Ferne von ihrem Hause in Ettendorf bei Traunstein aus sehen können und von den verheerenden Auswirkungen gehört. In diesem Bombenangriff ist die uralte Schranne, eine mittelalterliche Markthalle mit großen Gewölben, dem Internat unmittelbar gegenüber gelegen, vollkommen zerstört worden, und ich war in dem Augenblick ihrer Zerstörung nicht in einem der Stollen, sondern im Keller des Internats gewesen, aus was für einem Grund immer als einziger Zögling mit dem Grünkranz und seiner Frau. Daß wir nach diesem Angriff wieder lebend aus dem Keller heraus und an die

Erdoberfläche gekommen sind, mußte *als ein Wunder* erscheinen, denn in den umliegenden Gebäuden hatte es viele Tote gegeben. Die Stadt war nach diesem Angriff in totalem Aufruhr. Der Staub der Zerstörung war noch in der Luft gewesen, als ich die Feststellung machte, daß mein auf dem Gang im ersten Stock sich befindender Spind zerstört und der in dem Spind abgestellten Geige der Hals abgerissen war. Ich erinnere mich, daß ich, mir der Furchtbarkeit dieses Angriffs voll bewußt, doch Freude empfunden habe über die Vernichtung meiner Geige, denn sie bedeutete konsequent das Ende meiner Karriere auf dem geliebten, gleichzeitig zutiefst gehaßten Instrument. Ich habe, weil dann auch lange Zeit keine Geige mehr zu beschaffen gewesen war, niemals mehr im Leben auf einer Geige gespielt. Die Zeit zwischen dem ersten und diesem dritten Bombenangriff ist zweifellos die *unheilvollste* für mich gewesen. Noch waren wir von dem Kommando des die Schlafsaaltür aufreißenden Grünkranz aus dem Schlaf geschreckt und aus den Betten gesprungen, und heute erscheint dieser Mensch mir von Zeit zu Zeit immer in der Tür, der in gewichsten SA-Stiefeln stehende nationalsozialistische Mensch, der sich mit aller Gewalt gegen den Türstock stemmt und in den Schlafsaal sein »Guten Morgen!« hineinschreit. An dem noch die Tür zur Hälfte verstellenden Grünkranz vorbei sehe ich die Zöglinge in den Waschraum stürzen, wo sie sich, jeder in seiner Art, wie Tiere, an die Barren stürzen, die Brutalsten hatten immer die Oberhand, da nicht alle Zöglinge an dem sieben oder acht Meter langen Waschbecken, das einem Futterbarren ähnlich war, Platz hatten, waren die Kräftigeren die ersten, die Schwachen die letzten, die Kräftigen stießen die Schwachen immer weg, und so die Schwachen wegstoßend und wegdrängend, hatten die immer gleichen Starken ihre Plätze an dem langen Waschbarren, und unter den Brausen, und sie konnten sich so lange waschen und sich so lange die Zähne putzen, wie sie wollten, im Gegensatz zu den Schwachen, die, weil nur eine Viertelstunde für diese Reinigungsprozeduren vorgesehen war, sich meistens niemals ordentlich waschen und die Zähne putzen konnten, ich selbst gehörte nicht zu den Kräftigen und war daher immer benachteiligt gewesen. Noch waren wir im Tagraum zum Anhören der Nachrichten gezwungen gewesen und hatten die Sondermeldungen von den Kriegsschauplätzen stehend anhören müssen, noch waren wir an den Sonntagen verpflichtet, die HJ-Uniform anzuziehen und die HJ-Lieder zu singen. Noch waren wir der ganzen Strenge und Unverschämtheit und Unnachgiebigkeit des Grünkranz unterworfen und hatten eine sich ständig noch steigernde Angst vor diesem Menschen, der jetzt selbst Angst bekommen hatte, wie wir in allen seinen Handlungen bemerkten, in seinem Gesicht, in seinem ganzen Verhalten feststellen konnten, weil seine nationalsozialistischen Pläne und Wunschträume nicht aufgehen wollten, wahrscheinlich in der kürzesten Zeit zunichte gemacht sind, wie er fortwährend denken mochte, und in dieser seiner Angst vor dem Ende aller seiner Hoffnungen hatte er noch einmal die ganze Brutalität und Niederträchtigkeit seines Wesens zusammengenommen und an uns praktiziert. Noch waren wir ja, wenn auch jetzt vollkommen unregelmäßig und nur ein paar Stunden in der Woche, in die Andräschule gegangen, um unterrichtet zu werden, aber *es handelte sich um keinen Unterricht mehr*, es war ein in Angst Herumsitzen in den Klassenzimmern, ein Abwarten, Warten auf Alarm und auf das, was auf den Alarm folgte, Hinausstürzen aus dem Klassenzimmer, Formieren aller in den Gängen, im Schulhof, Abmarschieren und Ablaufen durch die Wolfdietrichstraße hinauf in die Glockengasse, hinein in die Stollen. Noch waren wir ja in den Stollen mit dem Elend der in diesen Stollen Zuflucht suchenden, sehr oft nichts anderes als ihren plötzlichen Tod findenden Menschen konfrontiert gewesen, mit schreienden Kindern, hysterisch schreienden Frauen, mit den vor sich hin weinenden alten Menschen. Noch hatte ich Geigenunterricht, noch war ich dem Diktat des Geigenlehrers Steiner und seinen vernichtenden Äußerungen gegen mich ausgesetzt, mußten die deprimierenden Gänge zu Steiner und von Steiner durch die Wolfdietrichstraße gegangen werden. Noch hatte ich in den Büchern zu lesen, in welchen ich nicht lesen habe wollen, noch in die Hefte zu schreiben, was ich nicht hineinschreiben wollte, Wissen in mich aufzunehmen, das mir immer widerwärtig gewesen war. Noch waren wir in der Nacht, sehr oft nicht erst vom Alarm, sondern schon von den ersten Bomberschwärmen aus den Betten gerissen, am hellichten Tage überrascht von den Bomberverbänden in der Luft, in deren Dröhnen hinein erst Alarm gegeben worden ist, was auf ein völliges Chaos in der Nachrichtenübermittlung hindeutete. Die Zeitungen waren angefüllt mit den Schreckensbildern des Krieges, und der sogenannte Totale Krieg kam näher und näher, er war ja jetzt auch in Salzburg schon fühlbar geworden, die Vorstellung, daß die Stadt nicht bombardiert werde, war ausgelöscht. Und von unseren Vätern und Onkeln als Soldaten hörten wir nichts Gutes, viele von uns haben während dieser Internatszeit ihre Väter oder Onkel verloren, die Meldungen von Gefallenen häuften sich. Ich selbst hatte lange Zeit nichts von meinem Vormund, dem Ehemann meiner Mutter, der in Jugoslawien, von meinem Onkel, dem Bruder meiner Mutter, der die ganze Kriegszeit in Norwegen eingerückt gewesen war, gehört, die Post funktionierte nicht mehr, und was sie übermittelte, war immer traurig oder gar erschreckend gewesen und in vielen Fällen in nächster Nähe eine Todesnachricht. Noch hörten wir aber hinter vielen Mauern in der Stadt Nazilieder singen, und wir selbst hatten noch immer im Tagraum Nazilieder angestimmt, die, als alter Chorleiter, der Grünkranz mit kurzeckigen Bewegungen seiner langen halb eingezogenen Arme dirigierte. Alle zwei Monate war ich auf ein Wochenende zu den Großeltern gefahren und von dort über die eigentlichen Vorgänge des endenden Krieges informiert gewesen, mein Großvater hatte immer am Abend und in der Nacht, hinter zugezogenen Vorhängen, wie ich mich erinnere, ausländische, vor allem Schweizer Nachrichtensendungen aus dem Radio gehört, und ich war sehr oft während dieser Sendungen still daneben gesessen und hatte, wenn auch nichts von dem Mitgeteilten verstehend, so doch die Wirkung, die diese Nachrichten auf meinen Großvater als aufmerksamen Zuhörer gehabt haben, beobachtet. Diese verbotenen, aber von den Großeltern abgehörten Nachrichtensendungen, die den Nachbarn meiner Großeltern nicht verborgen geblieben waren, haben durch einen Hinweis dieser Nachbarn meinem Großvater einen Zwangsaufenthalt in einem in der näheren Umgebung seines Wohnortes von der sogenannten SS kontrollierten ehemaligen Kloster als Lager eingebracht. Noch hatte ich mich schon eine Viertelstunde nach dem Aufstehen im Studierzimmer einzufinden, um mich auf den Unterricht in der Andräschule vorzubereiten, wobei keiner von uns gewußt hat, auf *was* vorbereiten, weil ja gar kein Unterricht im eigentlichen Sinn mehr stattgefunden hat. Noch hatte ich die zunehmende Angst vor dem Grünkranz, der mich, gleich wo er mir begegnete, ohrfeigte, grundlos, meinen Namen nennend, er tauchte auf, nannte meinen Namen und ohrfeigte mich, als wäre ihm dieser Vorgang, nämlich das von ihm aus gesehen plötzliche Auftauchen meiner Person wo immer, selbstverständlicher Anlaß gewesen, mich zu ohrfeigen. Es war in der ganzen Internatszeit keine Woche vergangen, in welcher ich nicht ein paarmal von dem Grünkranz eine Ohrfeige bekommen habe, aber vor allem bin ich von ihm geohrfeigt worden, wenn ich in der Frühe zu spät in das Studierzimmer gekommen bin, und ich bin immer zu spät in das Studierzimmer gekommen, weil ich durch die Brutalität der Stärkeren im Schlafsaal und im Waschraum und wieder im Schlafsaal und auf den Gängen immer wieder abgedrängt worden war. Und wie mir, so ist es einigen anderen, Schwächeren oder Schwachen, ergangen, die sich nicht wehren hatten können und tagtäglich Opfer der Starken, wenn auch oft nur wenig Stärkeren, gewesen waren, dem Grünkranz waren die schwachen und schwächeren und durch diese Schwäche beinahe immer unpünktlichen Zöglinge immer für seine Ohrfeigen willkommen gewesen, er hatte dieses schwache oder auch nur geschwächte *Menschenmaterial* (Grünkranz) für seine krankhaft-sadistischen Zustände gebraucht und mißbraucht. Noch war die Stadt mit Flüchtlingen überfüllt, und täglich kamen Hunderte, wenn nicht Tausende neue an, die Fronten waren immer enger gezogen, mehr und mehr hatte sich Militär unter die Zivilbevölkerung gemischt, und man lebte in äußerster Anspannung zusammen, die Atmosphäre ist, auch für uns erkennbar, eine explosive gewesen, alles schaute nach dem verlorenen

Krieg aus, von welchem mein Großvater schon lange Zeit gesprochen hatte, aber im Internat ist natürlich von einem solchen verlorenen Krieg nicht gesprochen worden, im Gegenteil. Grünkranz vermittelte noch immer, aber jetzt schon verzweifelt, Siegesstimmung, aber selbst im Internat glaubte ihm kein Mensch mehr. Mir hatte seine Frau immer leid getan, denn sie hatte wahrscheinlich immer unter diesem Mann gelitten, aber jetzt war er tatsächlich ganz offen nur mehr noch eine bösartige Natur, unter welcher vor allem seine Frau zu leiden hatte. Eine hölzerne Notbrücke ersetzte die schon lange abgetragene alte Staatsbrücke, erinnere ich mich, und auf dieser größten Baustelle in der Stadt sehe ich heute noch die in grauschmutzigen abgesteppten Kleidern an den Brückenpfeilern hängenden russischen Kriegsgefangenen als Zwangsarbeiter, ausgehungert und von rücksichtslosen Tiefbauingenieuren und Polieren zur Arbeit angetrieben; viele von diesen Russen sollen entkräftet in die Salzach gefallen und abgetrieben worden sein. Die Stadt machte auf einmal einen verkommenen Eindruck, sie war plötzlich auch eine jener den Luftangriffen ausgelieferten, sehr schnell ihr Gesicht verlierenden deutschen Städte, häßlicher und häßlicher geworden in ein paar Wochen und Monaten im Herbst vierundvierzig, so waren nur mehr noch wenige Fensterscheiben in ihr ganz gewesen, viele Häuserzeilen hatten überhaupt keine Fenster mehr, nur Pappendeckel- und Bretterholzverschalungen, und die Auslagen waren vollkommen ausgeräumt. Alles war nur mehr noch *notdürftig.* Die Häßlichkeit und der Verfall aber, rasch fortgeschritten in dieser nicht nur von den Bombenangriffen und ihren Folgen verunstalteten Stadt, sondern auch durch die über sie herfallenden schließlich Tausende von Flüchtlingen in eine durch und durch chaotische verwandelt, gaben ihr auf einmal menschliche Züge, und so habe ich diese meine Heimatstadt nur in dieser Zeit, weder vorher noch nachher, tatsächlich inständig lieben können und auch inständig geliebt. Jetzt, in der höchsten Not, war diese Stadt plötzlich das, was sie vorher niemals gewesen war, eine lebendige, wenn auch verzweifelte Natur als Stadtorganismus, das tote und verlogene Schönheitsmuseum, das sie bis zu diesem Zeitpunkt ihrer größten Verzweiflung immer gewesen war, hatte sich mit Menschlichkeit angefüllt, der versteinerte Stumpfsinn als toter Körper war in seiner höchsten Verzweiflung und Ausweglosigkeit auf einmal erträglich und von mir geliebt gewesen. Die Menschen lebten in dieser Stadt zu diesem Zeitpunkt nur mehr von einem sogenannten Lebensmittelaufruf zum andern, und sie dachten an nichts anderes mehr, als zu überleben, wie, war ihnen schon gleichgültig geworden. Sie hatten keine Ansprüche mehr und waren vollkommen im Stich gelassen von allem, und sie sahen so aus. Daß das Kriegsende nur mehr noch eine Frage der kürzesten Zeit war, ist allen klar gewesen, wenn das auch noch von den wenigsten zugegeben worden war. Mit

Hunderten von sogenannten Kriegsversehrten, auf den Schlachtfeldern verstümmelten Soldaten, war ich in dieser Zeit in der Stadt konfrontiert gewesen, und die ganze Dummheit und Niederträchtigkeit des Krieges und Armseligkeit seiner Opfer ist mir zu Bewußtsein gekommen. In dem ganzen Chaos, das die Stadt damals gewesen war, hatte ich aber noch immer meine Geigenstunden, und an den Donnerstagabenden mußten wir auf den Sportplatz, uniformiert den Schikanen des Grünkranz auf der Aschenbahn oder auf dem Rasen ausgeliefert. Ihm hatte nur eines an mir, und das natürlich nur die kürzeste Zeit, Eindruck gemacht: daß ich bei den jährlich stattfindenden sportlichen Wettkämpfen im Fünfzig- und im Hundert- und im Fünfhundert- und im Tausendmeterlauf *unschlagbar* gewesen und dafür zweimal auf einem eigens für diese Zeremonie der Siegerehrung auf dem Gnigler Sportplatz zusammengezimmerten und aufgestellten Podest mit so vielen Siegernadeln ausgezeichnet worden war, als ich Wettkämpfe gewonnen hatte, und ich hatte immer alle Laufdisziplinen gewonnen. Aber meine Siege im Laufen waren dem Grünkranz eher *ein Dorn im Auge.* Meine Siege im Laufen hatte ich ganz einfach meinen langen Beinen zu danken und der während des Laufens immer grenzenlosen Angst vor dem Verlieren. Ich hatte nie Lust am Betreiben irgendeines Sports gehabt, ja ich habe den Sport immer gehaßt, und ich hasse den Sport heute noch. Dem Sport ist zu allen Zeiten und vor allem von allen Regierungen aus gutem Grund immer die größte Bedeutung beigemessen worden, er unterhält und benebelt und verdummt die Massen, und vor allem die Diktaturen wissen, warum sie immer und in jedem Fall für den Sport sind. Wer für den Sport ist, hat die Massen auf seiner Seite, wer für die Kultur ist, hat sie gegen sich, hat mein Großvater gesagt, deshalb sind immer alle Regierungen für den Sport und gegen die Kultur. Wie jede Diktatur ist auch die nationalsozialistische über den Massensport mächtig und beinahe weltbeherrschend geworden. In allen Staaten sind zu allen Zeiten die Massen durch den Sport gegängelt worden, so klein und so unbedeutend kann kein Staat sein, daß er nicht *alles* für den Sport opfert. Aber wie grotesk ist es doch gewesen, an Hunderten von Schwerkriegsverletzten, zum Großteil beinahe gänzlich Verstümmelten, die auf dem Hauptbahnhof buchstäblich wie eine lästige, mangelhaft eingepackte Ware umgeladen worden sind, vorbei, auf den Gnigler Sportplatz zu gehen, um dort um Siegernadeln zu laufen. Was mit den Menschen zusammenhängt, ist immer grotesk, und der Krieg und seine Umstände und Zustände sind die groteskesten. Auch in Salzburg ist die riesige Aufschrift auf der Eingangshalle des Bahnhofs »Räder müssen rollen für den Sieg« eines Tages in Trümmer gegangen. Sie ist ganz einfach eines Tages den Hunderten von Toten auf dem Bahnhof auf den Kopf gefallen. Der dritte Bombenangriff auf die Stadt ist der fürchterlichste gewesen, warum ich damals nicht im Stollen, sondern im Keller in der Schrannengasse gewesen bin, weiß ich nicht mehr, kann sein, ich bin während des Alarms in der Schuhkammer gewesen, Geige übend, meinen Phantasien, Träumen, Selbstmordgedanken nachgehend, und sehr oft habe ich in der Schuhkammer die Sirenen nicht hören können, weil ich so intensiv Geige gespielt und so intensiv phantasiert und geträumt habe und mit dem Selbstmorddenken beschäftigt gewesen bin, in die Schuhkammer ist nichts hineingedrungen, als ob sie hermetisch für mich und meine Phantasien und Träume und Selbstmordgedanken abgeschlossen gewesen wäre, auf einmal war ich mit den wahrscheinlich geradeso wie ich mit unglaublicher Schnelligkeit in den Hauskeller gestürzten beiden Grünkranz zusammen gewesen und durch die Heftigkeit der Detonationen und ganze Fürchterlichkeit der Folgen dieser Detonationen, unmittelbar neben dem Internat niedergegangenen und eingeschlagenen Luftminen und Bomben, die uns an die Wände geschleudert hatten, zuerst einmal der durch meine Nachlässigkeit, Disziplinlosigkeit heraufbeschworenen Bestrafung durch Grünkranz entgangen, seine eigene Angst vor Vernichtung war wahrscheinlich in diesen Augenblicken doch größer gewesen als sein Gedanke, mich zu bestrafen, aber während ich, an die Wand gedrückt, die Grünkranz hatte mich schützend in ihre Arme genommen, in tatsächlicher Todesangst zu überleben wünschte, wartete ich doch nur ab, bis dem Grünkranz wieder zu Bewußtsein gekommen war, daß er mich für die Tatsache, daß ich den Alarm überhört oder, den Alarm ignorierend, nicht in den Stollen gegangen war, bestraft, und die Bestrafung mußte eine elementare, exemplarische sein. Der Grünkranz hat mich aber für dieses Verbrechen gegen das Luftschutzgesetz nicht mehr und niemals bestraft. Wie wir aus dem Keller hinaus und an die Oberfläche gekommen sind, haben wir zuerst überhaupt nichts gesehen, weil wir in dem Mauerstaub und Schwefelstaub unsere Augen gar nicht öffnen hatten können, und wie wir sie aufmachen haben können, waren wir erschrocken gewesen über die Wirkung dieses Angriffs: die Schranne war in vier große Teile auseinandergebrochen gewesen, das große, an die hundert oder hundertzwanzig Meter lange Gebäude hatte ausgesehen, als wäre es von oben herunter geschlachtet worden, wie ein riesiger offener Bauch waren die Gewölbe auseinandergegangen oder eingerissen, und die Andräkirche dahinter erschien nach und nach, wie sich der Staub zuerst gehoben und dann wieder gesenkt und gesetzt hatte, gänzlich verstümmelt, aber um diese Kirche ist es nicht schade gewesen, denn sie war schon immer eine Verunstaltung der Stadt, und augenblicklich hatten alle den gleichen Gedanken gehabt, daß die Andräkirche vollständig zerstört gehört hätte, aber die Andräkirche war nicht vollständig zerstört und ist tatsächlich nach dem Kriege wieder aufgebaut worden, was einer der größten Fehler gewesen ist, die Schranne aber, dieses Ungeheuer von mittelalterlichem Gebäude, war vernichtet. Im Schrannenwirt, drei Häuser vom Internat, sollen an die hundert Gäste, weil es ja ein so klarer und schöner Tag gewesen war, neugierig geworden, auf das Dach gestiegen sein, um das in jedem Falle immer ungeheuer faszinierende Schauspiel der hoch in den Lüften glänzenden und blinkenden Bomberverbände zu beobachten, und alle diese Neugierigen sind getötet worden. Diese Toten vom Schrannenwirt sind niemals geborgen, sondern, wie viele Hunderte andere in der Stadt auch, ganz einfach tief in den Schutt hinein- und hinuntergeschoben und mit dem Schutt eingeebnet worden. Heute steht dort ein Wohnhaus, und niemand weiß von der Geschichte, wenn ich frage. Die Zerstörungen im eigenen Haus, im Internat, waren zwar groß, aber sie waren kein Grund, das Internat zuzusperren, gleich waren alle daran gegangen, den Staub und die durch die Fenster hereingeschleuderten Mauerbrocken von der Schranne aufzuräumen, und in kurzer Zeit waren die Räume wieder begehbar und bewohnbar. Mehrere Spinde, darunter mein eigener, waren arg in Mitleidenschaft gezogen, meine Geige war vernichtet, ein Großteil meiner Kleidung, die ja nur aus ein paar Stücken bestanden hat, war zerfetzt worden. Keine zwei oder höchstens drei Stunden nach diesem Angriff, der, was ich aber durch die eigene Mitleidenschaft nicht selbst habe sehen können, in der ganzen Stadt großen Schaden angerichtet und viele Hunderte von Toten gefordert hatte, war plötzlich meine Großmutter erschienen, und wir packten meine paar noch brauchbaren Habseligkeiten zusammen und verabschiedeten uns und waren auch schon bald zu Hause bei den Großeltern in Ettendorf. Die Eisenbahn funktionierte noch, und so war ich zwar nicht mehr im Internat gewesen, aber dann doch täglich mit dem Zug von Traunstein nach Salzburg gefahren, wochenlang, monatelang, bis kurz vor dem Jahresende. Diese Fahrten sind mir in allen Einzelheiten in Erinnerung, sie führten mich meistens nicht in die Schule, denn schon auf dem Hauptbahnhof, der zu diesem Zeitpunkt schon an allen Ecken und Enden von Bomben aufgerissen gewesen war, angekommen, war ich mit der Tatsache, daß längst Fliegeralarm gegeben worden war, konfrontiert und ohne Umweg gleich in den Stollen gegangen, und der Aufenthalt im Stollen, gleich, ob in der Zwischenzeit ein Angriff gewesen war oder nicht, hatte immer so lange gedauert, daß es zwecklos gewesen wäre, auch noch in die Schule zu gehen. Ich machte dann halt, aus dem Stollen herausgekommen, einen Umweg über die Stadt, in welcher es von Tag zu Tag immer neue Zerstörungen zu entdecken und zu bestaunen gegeben hatte, bald war die ganze Stadt, und die Altstadt nicht ausgenommen, voller Zerstörungen, und es hatte bald den Anschein, als gäbe es mehr vollkommen vernichtete oder arg in Mitleidenschaft gezogene Wohnhäuser, öffentliche Gebäude als andere, stundenlang war ich mit meiner Schultasche, der Faszination des in dieser Stadt auf einmal heimisch gewordenen sogenannten Totalen Krieges vollkommen verfallen, in der Stadt hin- und hergezogen, irgendwo auf einem Schutthaufen oder auf einem Mauervorsprung sitzend, von welchem aus ich einen guten Blick auf die Zerstörungen und auf die mit diesen Zerstörungen nicht mehr fertig werdenden Menschen hatte werfen können, direkt in die Menschenverzweiflung und in die Menschenerniedrigung und in die Menschenvernichtung hinein. Für mein ganzes Leben habe ich in dieser Zeit, indem ich dieses auch in dieser Stadt, was niemand mehr weiß oder wissen will, fürchterlichste und erbarmungswürdigste Menschenelend beobachtet, gelernt und die Erfahrung gemacht, wie furchtbar das Leben und die Existenz überhaupt sind und wie wenig wert, überhaupt nichts wert im Krieg. Die Ungeheuerlichkeit des Krieges als Elementarverbrechen ist mir zu Bewußtsein gekommen. Monatelang habe ich diese Eisenbahnfahrten in die Schule, die mich fast nie mehr in die Schule geführt haben, immer nur in einen schließlich beinahe zur Gänze von Bomben verunstalteten und vernichteten Bahnhof, auf welchem Hunderte, wenn nicht Tausende Menschen umgekommen sind, und viele Tote habe ich selbst unmittelbar nach Angriffen auf den Bahnhof gesehen, wenn ich, weil der Zug gar nicht mehr in den Bahnhof hineinfahren hatte können, zusammen mit einem immer mit meinem Zug fahrenden Mitschüler aus Freilassing, zu Fuß in den Bahnhof hineingegangen bin, zwischen riesigen Bombentrichtern durch. Unser Blick für die Toten war in dieser Zeit geschärft worden. Oft standen wir völlig unbehelligt auf dem Bahnhofsgelände herum, das bald nur noch ein einziges Trümmerfeld gewesen war, und beobachteten die nach Toten suchenden und grabenden Eisenbahner, die ihre Fundstücke auf den wenigen noch verbliebenen ebenen Flächen ablegten, einmal habe ich ganze Reihen von aneinandergelegten Toten da gesehen, wo heute die Bahnsteigtoiletten sind. Die Stadt war jetzt nur mehr noch grau und gespenstisch, und die Lastwagen und die holzgasbetriebenen Personenwagen mit ihren in den Wagenhintern hineingeschweißten Kesseln transportierten, so schien es, nur mehr noch Särge. In der letzten Zeit, bevor alle Schulen geschlossen worden waren, war ich nur noch selten mit dem Zug überhaupt bis Salzburg gekommen, meistens hatte der Zug schon vor Freilassing angehalten, und die Leute sind aus dem Zug hinausgesprungen und waren in den Wäldern links und rechts des Zuges in Deckung gegangen. Doppelrumpfige englische Jagdbomber nahmen den Zug in Beschuß, das Knattern der Bordkanonen habe ich heute noch genauso im Ohr wie damals, die Äste flogen, unter den auf den Waldboden Geduckten herrschten Angst und Stille, aber eine schon längst zur Gewohnheit gewordene Angst und Stille. So auf dem feuchten Waldboden hockend, mit eingezogenem Kopf, aber doch neugierig nach den feindlichen Flugzeugen Ausschau haltend, verzehrte ich den mir von meiner Großmutter oder von meiner Mutter in die Schultasche gesteckten Apfel und das Schwarzbrot. Waren die Flugzeuge weg, rannten die Leute wieder zum Zug und stiegen ein, und der Zug fuhr ein Stück, aber er fuhr nicht mehr nach Salzburg, die Geleise nach Salzburg waren längst zerrissen. Aber sehr oft konnte der Zug gar nicht mehr weiterfahren, weil die Lokomotive in Flammen aufgegangen und zerstört und der Lokomotivführer von den englischen Bordschützen getötet worden war. Aber meistens waren nicht die Züge auf der Fahrt nach Salzburg angegriffen worden, sondern die in Richtung München. Mit Vorliebe benützte ich für die Heimfahrt, solange sie verkehrten, die sogenannten Fronturlauberzüge, Schnellzüge mit diagonal blaudurchstrichenen weißen Schildern auf den Wagen, was nicht erlaubt, aber allen Schülern längst zur Gewohnheit geworden war. In diese Züge hatte man nur durch die Fenster ein- und aussteigen können, so überfüllt sind sie gewesen, und die meiste Zeit bin ich zwischen Salzburg und Traunstein zwischen den Wagen und also nur in den sogenannten Verbindungsfalten der aneinandergekoppelten Waggons, zwischen Soldaten und Flüchtlingen eingequetscht, gefahren, und es hatte der äußersten Anstrengung bedurft, in Salzburg hinein und in Traunstein wieder *aus* dem Zug zu kommen. Diese Züge sind beinahe jeden zweiten Tag aus der Luft überfallen worden. Die Engländer in ihren sogenannten Lightnings beschossen die Lokomotive und töteten den Lokführer und waren wieder weg. Die Maschinen brannten aus, die toten Lokführer wurden immer in das nächstgelegene Bahnwärterhaus gebracht und dort abgelegt, ich habe viele in Bahnwärterhäusern durchs Kellerfenster beobachten können, mit durchschossenem Schädel oder völlig zerschlagenem Kopf, ich sehe sie noch, die tiefblaue Eisenbahneruniform mit dem zerfetzten Eisenbahnerkopf hinter dem Kellerfenster. Der Umgang mit den Toten ist zu einem alltäglichen geworden. Im Spätherbst sind die Schulen geschlossen, auch das Internat aufgelassen worden, wie ich gehört hatte, und meine Zugfahrten nach Salzburg, die immer schon vor Freilassing endeten, hatten aufgehört. Aber ich war nicht lange abwechselnd bei meiner Mutter in Traunstein und bei den Großeltern in dem nahe gelegenen Ettendorf beschäftigungslos gewesen, nur ein paar Tage, dann hatte ich bei einem Traunsteiner Gärtner, bei der Firma Schlecht und Weininger, zu arbeiten angefangen. Diese Arbeit hatte mir sogleich die größte Freude gemacht, sie hatte bis zum Frühjahr, genau genommen bis zum achtzehnten April, gedauert, während dieser Zeit habe ich die Gärtnerarbeit in allen ihren Möglichkeiten und Unmöglichkeiten kennen- und liebengelernt, an diesem achtzehnten April waren Tausende Bomben auf die kleine Stadt Traunstein gefallen und ihr Bahnhofsviertel war binnen weniger Minuten vollkommen vernichtet gewesen. Die Gärtnerei Schlecht und Weininger hinter dem Bahnhof war nur noch eine Sammlung riesiger Bombentrichter gewesen, das Gärtnereibetriebsgebäude schwer beschädigt und unbrauchbar geworden. Hunderte Tote waren auf die Bahnhofstraße gelegt und in notdürftig zusammengezimmerten Weichholzsärgen auf den Waldfriedhof gebracht worden, wo sie, weil zum Großteil nicht mehr identifizierbar, in einem Massengrab verscharrt worden sind. Diese kleine Stadt an der Traun hatte nur ein paar Tage vor dem Ende des Krieges einen der schrecklichsten und sinnlosesten Bombenangriffe überhaupt erleben müssen. Noch einmal war ich von Traunstein aus nach Salzburg gekommen, wahrscheinlich um mir ein paar vergessene Kleidungsstücke zu holen, mit meiner Großmutter sehe ich mich durch die grauenhaft zugerichtete und von nur mehr noch verstörten und ausgehungerten Menschen bevölkerte Stadt gehen, mit meiner Großmutter bei Verwandten anklopfen und, so sie noch am Leben geblieben waren, diese Verwandten aufsuchen. Das Internat war zugesperrt und ein Drittel des Gebäudes in der Zwischenzeit zerstört worden, der halbe Schlafsaal, in welchem ich die fürchterlichsten Zustände und Träume meines Lebens gehabt habe, war von einer Bombenexplosion abgerissen gewesen und in den Hof geschmettert. Über das Schicksal des Grünkranz und seiner Frau habe ich nichts mehr in Erfahrung bringen können, auch nichts mehr und nie mehr etwas von den Mitzöglingen gehört.

Onkel Franz

Wir werden erzeugt, aber nicht erzogen, mit der ganzen Stumpfsinnigkeit gehen unsere Erzeuger, nachdem sie uns erzeugt haben, gegen uns vor, mit der ganzen menschenzerstörenden Hilflosigkeit, und ruinieren schon in den ersten drei Lebensjahren alles in einem neuen Menschen, von welchem sie nichts wissen, nur, wenn überhaupt, daß sie ihn kopflos und verantwortungslos gemacht, und sie wissen nicht, daß sie damit das größte Verbrechen begangen haben. In vollkommener *Unwissenheit und Gemeinheit* haben uns unsere Erzeuger und also unsere Eltern in die Welt gesetzt und werden, sind wir einmal da, mit uns nicht fertig, alle ihre Versuche, mit uns fertig zu werden, scheitern, sie geben früh auf, aber immer zu spät, immer erst in dem Augenblick, in welchem sie uns längst zerstört haben, denn in den ersten drei Lebensjahren, den entscheidenden Lebensjahren, von welchen unsere Erzeuger als Eltern aber nichts wissen, nichts wissen wollen, nichts wissen können, weil Jahrhunderte lang immer alles getan worden ist für diese ihre entsetzliche Unwissenheit, haben uns unsere Erzeuger mit dieser Unwissenheit zerstört und vernichtet und immer für unser ganzes Leben zerstört und vernichtet, und die Wahrheit ist, daß wir es auf der Welt immer nur mit in den ersten Jahren von ihren unwissenden und gemeinen und unaufgeklärten Erzeugern als Eltern zerstörten und vernichteten und für ihr ganzes Leben vernichteten Menschen zu tun haben. Der neue Mensch ist nur immer wie ein Tier aus der Mutter geworfen und wird auf immer wie ein Tier von dieser Mutter behandelt und zugrunde gerichtet, wir haben es nur mit von ihren Müttern geworfenen Tieren, nicht Menschen, zu tun, die schon in den ersten Monaten und erst in den ersten Jahren von diesen ihren Müttern mit ihrer ganzen animalischen Unwissenheit zerstört und vernichtet werden, aber diese Mütter trifft keine Schuld, weil sie niemals aufgeklärt worden sind, die Interessen der Gesellschaft sind andere als die Aufklärung, und die Gesellschaft denkt gar nicht daran, aufzuklären, und die Regierungen sind immer und in jedem Falle und in jedem Lande und Staatsgebilde daran interessiert, daß ihre Gesellschaft nicht aufgeklärt wird, denn klärten sie ihre Gesellschaft auf, wären sie schon in kurzer Zeit von dieser von ihnen aufgeklärten Gesellschaft vernichtet, Jahrhunderte ist die Gesellschaft nicht aufgeklärt worden, und es werden viele Jahrhunderte kommen, in welchen die Gesellschaft nicht aufgeklärt werden wird, weil die Aufklärung der Gesellschaft ihre Vernichtung bedeutete, und so haben wir es mit unaufgeklärten Erzeugern von lebenslänglich unaufgeklärten Kindern zu tun, die immer unaufgeklärte Menschen bleiben werden und lebenslänglich zu vollkommener Unwissenheit verurteilt sind. Gleich mit welchen Er-

Ziehungsmitteln und -methoden die neuen Menschen erzogen werden, sie werden mit der ganzen Unwissenheit und Gemeinheit und Unzurechnungsfähigkeit ihrer Erzieher, die immer nur *sogenannte Erzieher* sind und immer nur sogenannte Erzieher sein können, *zugrunde erzogen* schon in den ersten Lebenstagen und ersten Lebenswochen und ersten Lebensmonaten und ersten Lebensjahren, denn alles, was der neue Mensch in diesen ersten Tagen und Wochen und Monaten und Jahren *auf*nimmt und *wahr*nimmt, ist er dann für sein ganzes künftiges Leben, und wie wir wissen, ist jedes dieser Leben, die gelebt werden, jede dieser Existenzen, die existiert werden, immer nur ein gestörtes oder eine gestörte, ein zerstörtes oder eine zerstörte und ein vernichtetes oder eine vernichtete, gestört und zerstört und vernichtet. Es gibt überhaupt keine Eltern, es gibt nur Verbrecher als Erzeuger von neuen Menschen, die mit ihrer ganzen Unsinnigkeit und Stumpfsinnigkeit gegen diese neuen von ihnen erzeugten Menschen vorgehen und in diesem Verbrechertum von den Regierungen unterstützt werden, die an dem *aufgeklärten und also tatsächlich zeitentsprechenden Menschen,* weil der naturgemäß gegen ihre Zwecke ist, nicht interessiert sind, so werden von Millionen und von Milliarden von Schwachsinnigen immer wieder und wahrscheinlich noch Jahrzehnte und möglicherweise Jahrhunderte immer wieder Millionen und Milliarden Schwachsinnige produziert werden. Der neue Mensch wird in den ersten drei Jahren von seinen Erzeugern oder deren Stellvertretern zu dem gemacht, was er sein ganzes Leben lang sein muß und was er nicht und durch nichts ändern kann: *eine unglückliche Natur als total unglücklicher Mensch*, ob diese unglückliche Natur als unglücklicher Mensch das zugibt oder nicht, die Kraft hat, das zuzugeben oder nicht, die Kraft hat, die Konsequenzen daraus zu ziehen oder nicht, und ob sich dieser Mensch als in jedem Falle unglückliche Natur auch nur ein einziges Mal darüber überhaupt einen Gedanken macht, denn wie wir wissen, machen sich die meisten dieser unglücklichen Naturen als unglückliche Menschen und umgekehrt überhaupt niemals in ihrem Leben und in ihrer Existenz diesen Gedanken. Der Neugeborene ist von dem Augenblick seiner Geburt verblödeten, unaufgeklärten Erzeugern als Eltern ausgeliefert und wird schon vom ersten Augenblick von diesen verblödeten und unaufgeklärten Erzeugern als Eltern zu einem ebensolchen verblödeten unaufgeklärten Menschen gemacht, dieser ungeheuerliche und unglaubliche Vorgang ist in den Jahrhunderten und Jahrtausenden der menschlichen Gesellschaft zur Gewohnheit geworden und sie hat sich an diese Gewohnheit gewöhnt und sie denkt gar nicht daran, von dieser Gewohnheit abzulassen, im Gegenteil wird diese Gewohnheit mehr und mehr intensiviert, und sie ist in unserer Zeit auf ihrem Höhepunkt angelangt, denn zu keiner Zeit sind bedenkenloser und gemeiner und niederträchtiger und schamloser

Menschen und Millionen und Milliarden Menschen als Weltbevölkerung gemacht worden als in der unsrigen, obwohl die Gesellschaft längst weiß, daß dieser Vorgang uns weltweite Infamie, wenn er nicht abgebrochen wird, das Ende der Menschengesellschaft bedeutet. Aber die aufgeklärten Köpfe klären nicht auf, und die Menschengesellschaft, das ist sicher, vernichtet sich. Auch meine Erzeuger als Eltern haben so gehandelt, kopflos und in stumpfsinniger Übereinstimmung mit der ganzen übrigen, über die ganze Welt ausgebreiteten Menschenmasse, und einen Menschen gemacht und von dem Augenblick seiner Erzeugung seine Verblödung und Vernichtung betrieben, alles ist in diesem Menschen in den ersten drei Jahren, wie in jedem anderen, zerstört und vernichtet worden, verschüttet worden, zugeschüttet worden und mit einer solchen Brutalität zugeschüttet worden, daß dieser von seinen Erzeugern als Eltern zur Gänze verschüttete Mensch dreißig Jahre gebraucht hat, um den Schutt, mit welchem er von seinen Erzeugern als Eltern zugeschüttet worden ist, wieder wegzuräumen, wieder, was er im ersten Augenblick sicher gewesen war, der Mensch zu werden, den diese seine Erzeuger als Eltern, Eltern als Erzeuger, mit ihrem jahrhundertealten Gefühls- und Geistesunrat als Unwissenheit zugeschüttet hatten. Wir dürfen, selbst auf die Gefahr, für verrückt gehalten zu werden, uns nicht scheuen, auszusprechen, daß unsere Erzeuger als Eltern das Verbrechen der Zeugung als das Verbrechen der vorsätzlichen Unglücklichmachung unserer Natur und in Gemeinschaft mit allen ändern, das Verbrechen der Unglücklichmachung der immer noch unglücklicher werdenden ganzen Welt begangen haben, genauso wie ihre Vorfahren undsofort. Zuerst wird der Mensch, und der Vorgang ist ein tierischer, erzeugt und geboren wie ein Tier und immer nur animalisch behandelt, und sei es geliebt oder verhätschelt oder gepeinigt, von den durch und durch stumpfsinnigen unaufgeklärten, ihre egoistischen Zwecke verfolgenden Erzeugern als Eltern oder ihren Stellvertretern aus ihrem eigenen Mangel an tatsächlicher Liebe und Erziehungserkenntnis und -bereitschaft stumpfsinnig und egoistisch wie ein Tier gefüttert und behandelt und nach und nach in seinen hauptsächlichen *Gefühls-* und Nervenzentren eingeebnet und gestört und zerstört und dann, als eine der größten Vernichterinnen, übernimmt die Kirche (übernehmen die Religionen) die Vernichtung der *Seele* dieses neuen Menschen, und die Schulen begehen im Auftrag und auf Befehl der Regierungen in allen Staaten der Welt an diesen neuen jungen Menschen den *Geistes*mord. Jetzt war ich im Johanneum, so die neue Bezeichnung des alten Gebäudes, welches in der Zwischenzeit, die ich bei den Großeltern verbracht hatte, wieder beziehbar und, als nationalsozialistisches, zu einem streng katholischen gemacht worden war, in den wenigen Nachkriegsmonaten war das Gebäude *aus dem sogenannten Nationalsozialistischen Schülerheim in das streng* *katholische Johanneum* verwandelt worden, und ich war einer der wenigen im Johanneum, die auch schon im Nationalsozialistischen Schülerheim gewesen waren, und ich besuchte jetzt das Gymnasium und nicht mehr die Hauptschule, die sogenannte Andräschule, und anstelle des Grünkranz, der verschwunden, möglicherweise wegen seiner nationalsozialistischen Vergangenheit inhaftiert, jedenfalls nicht mehr von mir gesehen war, hatte ein katholischer Geistlicher als Direktor, welcher von uns immer nur als *Onkel Franz* angesprochen worden ist, die Herrschaft über uns angetreten. Ein etwa vierzigjähriger Geistlicher war dem Onkel Franz als Präfekt zur Seite gestanden und dieser gestochen Deutsch sprechende Präfekt hatte auf katholische Weise das Erbe des nationalsozialistischen Grünkranz angetreten, er war genauso gefürchtet und gehaßt wie der Grünkranz und er war wahrscheinlich ein ebensolcher uns alle abstoßender Charakter. Tatsächlich war an dem ganzen Gebäude nur das Notdürftigste gemacht und also in erster Linie der zur Hälfte vernichtete Schlafsaal wieder aufgebaut und das Dach repariert und die Fenster waren alle eingeglast worden und die Vorderfront des Gebäudes hatte einen neuen Anstrich erhalten, und wenn man aus dem Fenster schaute, schaute man anstatt auf die alte Schranne auf einen schon in vielen Unwettern abgesunkenen Schutthaufen und auf die Ruine der Andräkirche, an welcher sich noch nichts rührte, weil sich die Stadt nicht entschließen hatte können, die Kirche wieder so aufzubauen, wie sie gewesen war oder anders, oder gänzlich abzureißen, was das beste gewesen wäre. Im Innern des Internats hatte ich keine auffallenden Veränderungen feststellen können, aber aus dem sogenannten Tagraum, in welchem wir in Nationalsozialismus erzogen worden waren, war jetzt die Kapelle geworden, anstelle des Vortragspultes, an welchem der Grünkranz vor Kriegsschluß gestanden war und uns großdeutsch belehrt hatte, war jetzt der Altar, und wo das Hitlerbild an der Wand war, hing jetzt ein großes Kreuz, und anstelle des Klaviers, das, von Grünkranz gespielt, unsere nationalsozialistischen Lieder wie »Die Fahne hoch« oder »Es zittern die morschen Knochen« begleitet hatte, stand ein Harmonium. Der ganze Raum war nicht einmal ausgemalt worden, dafür fehlte es offensichtlich an Geld, denn wo jetzt das Kreuz hing, war noch der auf der grauen Wandfläche auffallend weiß gebliebene Fleck zu sehen, auf welchem jahrelang das Hitlerbild hing. Jetzt sangen wir nicht mehr »Die Fahne hoch« oder »Es zittern die morschen Knochen«, und wir hörten nicht mehr strammstehend in diesem Raum die Sondermeldungen aus dem Radio an, sondern sangen zum Harmonium »Meerstern ich dich grüße« oder »Großer Gott, wir loben dich«. Wir stürzten auch nicht mehr um sechs Uhr aus den Betten und in den Waschraum und dann in die Studierstube, um dort die ersten Nachrichten aus dem Führerhauptquartier zu hören, sondern um die Heilige Kommunion in der Kapelle zu empfangen, und es war so, daß die Zöglinge jeden Tag zur Kommunion gingen, also über dreihundertmal im Jahr, und ich denke, jeder für sein ganzes Leben in dieser Zeit. Die äußeren Spuren des Nationalsozialismus in Salzburg waren tatsächlich vollkommen ausgelöscht gewesen, als hätte es diese entsetzliche Zeit nie gegeben. Jetzt war der Katholizismus wieder aus seiner Unterdrückung herausgetreten, und die Amerikaner beherrschten alles. Die Not ist in dieser Zeit eine noch viel größere Not gewesen, die Leute hatten nichts zum Essen und nur das Notwendigste und Schäbigste zum Anziehen, am Tage räumten sie die riesigen Schuttberge ab und am Abend strömten sie in die Kirchen hinein. Die Farbe der Mächtigen war jetzt wieder, wie vor dem Kriege, schwarz, nicht mehr braun. Überall waren Gerüste aufgestellt, und die Menschen bemühten sich, an diesen Gerüsten Mauern aufzurichten, aber es war ein langsamer und langwieriger und fürchterlicher Prozeß. Auch im Dom waren Gerüste aufgestellt, und schon bald war mit dem Kuppelneubau begonnen worden. Die Krankenhäuser waren jetzt nicht mehr nur von Kriegsverstümmelten belegt gewesen, sondern sie waren überfüllt von Tausenden von Halbverhungerten und vor Hunger und Verzweiflung Absterbenden. Der Geruch der Verwesung lag noch jahrelang über der Stadt, unter deren wieder aufgebauten Gebäuden der Einfachheit halber die meisten Toten liegen gelassen waren. Erst jetzt, im Abstand von ein paar Monaten, war das ganze Ausmaß der Zerstörung auch in dieser Stadt sichtbar geworden, und es hatte sich der Bewohner eine tiefe, jetzt auf einmal tiefgehende Traurigkeit bemächtigt gehabt, in jedem einzelnen, denn die Schäden schienen nicht mehr reparierbar zu sein. Jahrelang ist die Stadt nichts anderes als ein süßlich nach Verwesung stinkender Schutthaufen gewesen, in welchem, wie zum Hohn, alle Kirchentürme stehengeblieben waren. Und es hatte den Anschein, als richtete sich die Bevölkerung jetzt an diesen Kirchentürmen wieder langsam auf. Noch gab es nichts als Arbeit und Hoffnungslosigkeit, denn die Hoffnung bei Kriegsende war durch viele Rückschläge und durch den sich verstärkenden Hunger immer wieder abgeschwächt worden. Die Verbrechen hatten jedes bekannte Ausmaß überstiegen, und die Angst war in dieser unmittelbaren Nachkriegszeit eine noch viel größere Angst, jeder hätte jeden umbringen können aus Hunger. Die Leute sind wegen eines Brotstückes oder weil sie noch einen Rucksack besessen haben, umgebracht worden. Es rettete sich, wer konnte, und die meisten konnten sich retten, indem sie ganz einfach auf beinahe alles verzichteten. Auch in dieser Stadt hatte es beinahe nur Trümmer und solche auf diesen Trümmern Herumlaufende und Herumsuchende gegeben, und nichts als der Hunger hat sie in dieser Zeit auf die Straße geführt, ganze Scharen von Menschen am Morgen nach einem Lebensmittelaufruf. Die Stadt war voller Ratten. Die Sexualexzesse der

Besatzungssoldaten verbreiteten unter der Bevölkerung *Angst und Schrecken.* Der Großteil der Bevölkerung lebte noch immer von den Plünderungen der letzten Kriegstage. Ein ungeheuerer Tauschhandel mit Lebensmitteln und Kleidungsstücken aber hatte ihre Lebensgeister wachgehalten. In dieser Zeit war es mir möglich gewesen, durch die Vermittlung einer im Ernährungsamt in Traunstein angestellten, ursprünglich aus Leipzig stammenden Freundin meiner Mutter einen Lastwagentransport mit Kartoffeln von Traunstein über die Grenze nach Salzburg zu organisieren, und von diesem Kartoffeltransport, mehrere tausend Kilo hatten auf dem Lastwagen Platz gehabt, hatte sich das Johanneum längere Zeit über Wasser halten können. Es hatte nur Halbverhungerte in der Stadt gegeben, die sich von den Amerikanern den Luxus, sich satt essen zu können, erbettelten. In diesem, auf einmal wieder zur Gänze hoffnungslosen Zustand, der auf die sogenannte Befreiung als ein Aufatmen nach der nationalsozialistischen Schreckensherrschaft eingetreten war, machte die Stadt jahrelang einen verkommenen und total lebensüberdrüssigen Eindruck, es schien, als hätten sie die Stadt und sich selbst aufgegeben, nur wenige hatten den Mut und die Kraft, etwas gegen die allgemeine Verzweiflung zu tun. Die Erniedrigung und die auf diese Erniedrigung gefolgte beinahe völlige Vernichtung in jeder Beziehung waren zu total gewesen. Aber ich kann nur andeuten. Dieses Mal war ich aus freien Stücken und über die mit dem Kriegsende wieder hergestellte und nach Kriegsende monatelang geschlossene, ja zwei Jahre nach dem Kriegsschluß noch immer *hermetisch* abgeschlossene deutsch-österreichische Grenze von Traunstein, wo mein Vormund neunzehnhundertachtunddreißig Arbeit gefunden hatte und wohin ihm, dem einzigen damals Verdienenden, zuerst meine Mutter, dann auch meine Großeltern gefolgt waren, in ein wieder freies Österreich und vollkommen allein und selbständig in das Internat gegangen, für die Internatskosten ist mein in Salzburg lebender Onkel, welcher, wie ich schon angedeutet habe, zeitlebens ein genialer Kommunist und Erfinder gewesen ist, aufgekommen. Es war selbstverständlich gewesen, daß ich im Spätsommer fünfundvierzig den Versuch machte, da wieder anzuknüpfen, wo ich im Herbst vierundvierzig aufgehört hatte, und meine Aufnahme ins *Gymnasium* war ohne Schwierigkeiten vonstatten gegangen. Die Zwischenzeit hatte ich vor allem bei meinen Großeltern in Ettendorf, dem in den Wäldern gelegenen Wallfahrtsort bei Traunstein, verbracht, war zuerst, bis zu dem schon angedeuteten furchtbaren Bombenangriff auf Traunstein am achtzehnten April, zu Schlecht und Weininger in die Gärtnerarbeit gegangen und hatte das Kriegsende selbst also in Traunstein miterlebt, ich erinnerte mich, wie sich der vor den Amerikanern geflüchtete und diesen in die Traunsteiner Falle gegangene Marschall Kesselring im Traunsteiner Rathaus verschanzt hatte unter dem Schutz der letzten SS-Truppen und wie die Amerikaner dem Traunsteiner Bürgermeister ein Ultimatum gestellt hatten, die Stadt sollte freiwillig den Amerikanern übergeben werden, wenn nicht, hätten die Amerikaner sie zerstört, ein einziger amerikanischer Soldat mit zwei Pistolen in den Händen und zwei Pistolen in seinen riesigen Hosentaschen, ist allein und völlig unbehelligt vom Westen kommend in die Stadt gegangen, da ihm nichts geschehen ist, folgten in die inzwischen von weißen Fahnen, frischgewaschenen Tuchentüberzügen oder Leintüchern an Besenstielen erhellte, auf einmal, nach dem unmittelbar vorher vollzogenen Abzug der SS-Truppen mit Kesselring in die um die Stadt gelegenen Berge, vollkommen ruhige Stadt die amerikanischen Truppen. Aber von dieser Zeit ist hier nicht die Rede, vielleicht ist es nützlich, daß ich mich des Zeichenunterrichts erinnere, den mir mein Großvater von einem alten, im Traunsteiner Armenhaus untergebrachten Manne hatte geben lassen, dieser alte Mann, mit einem riesigen steifen Papierkragen, war mit mir zum Zwecke des Zeichenunterrichts auf die hinter dem Armenhaus ansteigenden Hügel gegen Sparz zu gestiegen, um da oben unter den Bäumen mit mir Platz zu nehmen und auf die Stadt hinunterzuschauen und sie zu zeichnen, alle möglichen Details, sehr oft die Silhouette, und diese Zeichenstunden habe ich in bester Erinnerung, und sie waren, genauso wie der Geigen- und später auch der Klarinettenunterricht, nichts anderes gewesen als die verzweifelten Versuche meines Großvaters, mein künstlerisches Talent nicht verkümmern zu lassen, nichts an diesem künstlerischen Talent *unversucht* zu lassen. Ein junger, nach Traunstein versprengter Franzose hatte mich in Französisch, ein anderer in Englisch unterrichtet. Nun war ich also nach dem ereignisvollsten Jahr, das ich jemals erlebt habe und von welchem hier nicht die Rede sein kann, über die Grenze ins *heimatliche Ausland* zurückgekommen und wieder im Internat, in keinem nationalsozialistischen, in einem katholischen, und es hatte sich für mich zuerst nur in dem Austausch des Hitlerbildes gegen das Christuskreuz und in dem Austausch des Grünkranz gegen den Onkel Franz unterschieden, die Hausordnung war nicht viel anders, der Tag im Internat hatte um sechs begonnen und um neun geendet, nur war ich jetzt, weil ein Jahr älter, nicht mehr in dem größten Schlafsaal mit den fünfunddreißig Betten untergebracht, sondern im zweitgrößten mit vierzehn oder fünfzehn Betten. Auf Schritt und Tritt war ich an und in vielen Einzelheiten jetzt auch noch an die nationalsozialistische Ära erinnert, die mir aus eigenem Empfinden und aus den den Nationalsozialismus immer verdammenden und verachtenden Urteilen meines Großvaters immer verhaßt gewesen war, aber in der Geschwindigkeit des Wiederaufbaues des Internats und seiner Einrichtungen waren diese übriggebliebenen Zeichen der mir nichts als bösen Zeit übersehen worden. Alles in allem war aber die im Gegensatz zu den letzten

Kriegsmonaten hier herrschende Ruhe das Auffallendste gewesen, und die Nächte waren wieder zum Schlafen und völlig ohne Angst gewesen. Aber in Träumen war ich noch jahrelang sehr oft von Alarmsirenen aufgeweckt und aufgeschreckt worden, von dem Schreien der Frauen und Kinder in den Stollen, von dem Brummen und Dröhnen der Flugzeuge in der Luft, von ungeheuerlichen, die ganze Erde erschütternden Detonationen und Explosionen. Und bis heute habe ich solche Träume. * Ich sehe ihn heute nur mit auf dem Rücken verschränkten Armen zwischen den Stehpulten hin- und hergehen auf der Lauer nach einem Nachlassen der Studierintensität eines Zöglings, hatte er ein solches tatsächliches Nachlassen der Studierintensität oder auch nur eine Nachlässigkeit an einem Zögling entdeckt, und er entdeckte fast immer ein solches Nachlassen oder eine solche Nachlässigkeit, schlug er dem Betreffenden und Betroffenen von hinten mit der Faust auf den Kopf. Jetzt hatte ich vor einem solchen Menschen wie dem Präfekten, der dem Grünkranz in seiner sadistischen Konsequenz in nichts nachgestanden war, keine so große Angst mehr, meine Angst war auf einmal, wahrscheinlich, weil sie schon eine solche jahrelang in einem solchen intensiven Verhältnis von Macht und Ohnmacht bis in die äußersten Gefühls- und Verstandesmöglichkeiten hinein geschulte gewesen war, nicht mehr so groß wie die der anderen, also im Johanneum hatte ich vor den Methoden des Präfekten, die im Grunde nichts anderes als die Methoden des Grünkranz gewesen waren, weniger Angst gehabt als vor den Methoden des Grünkranz selbst, aber die neu ins Internat Eingetretenen hatten *jetzt die größte Angst,* ich hatte mich mit diesem sadistischen Züchtigungsritual abgefunden gehabt, es schmerzte mich zwar als Betroffenen, aber es hatte keinerlei Zerstörungswirkung, Vernichtungswirkung in mir mehr gehabt, weil ich ja schon zerstört und vernichtet gewesen war. Beinahe vollkommene Übereinstimmung der Züchtigungsmethoden des nationalsozialistischen Regimes im Internat und des katholischen hatte ich feststellen können, hier, im katholischen Internat, hatte es wieder, wenn auch unter anderem Namen und nicht in Offiziers- oder SA-Stiefeln, sondern in solchen schwarzen Stiefeletten der Geistlichkeit und nicht im grauen oder braunen, sondern im schwarzen Rock und nicht immer mit glänzenden Schulterbändern, sondern in dem mit Papierkrägen ausgestatteten Präfekten, einen Grünkranz gegeben, wie der Grünkranz der sogenannten Naziära schon der Präfekt gewesen war. * An dieser Stelle muß ich wieder sagen, daß ich notiere oder auch nur skizziere und nur andeute, wie ich damals *empfunden* habe, nicht wie ich heute *denke,* denn die Empfindung von damals ist eine andere gewesen als mein Denken heute, und die Schwierigkeit ist, in diesen Notizen und Andeutungen die Empfindung von damals und das Denken von heute zu Notizen und Andeutungen zu machen, die den Tatsachen von damals, meiner Erfahrung als Zögling damals entsprechen, wenn auch wahrscheinlich nicht gerecht werden, jedenfalls will ich den Versuch machen. In dem Präfekten habe ich tatsächlich immer den Geist, und zwar den vollkommen unbeschädigten Geist des Grünkranz gesehen, der Grünkranz war von der Nachkriegsbildfläche verschwunden, wahrscheinlich eingesperrt, ich weiß es nicht, aber in dem Präfekten war er mir immer gegenwärtig gewesen, auch die Körperhaltung des Präfekten ist wie die Körperhaltung des Grünkranz gewesen, beinahe alles an und wahrscheinlich auch in dem Menschen, der, diese Vermutung ist wahrscheinlich die Wahrheit, ein durch und durch unglücklicher Mensch gewesen war *wie der Grünkranz.* * Es hatte alles nur einen anderen Anstrich und alles hatte nur andere Bezeichnungen, die Wirkungen und die Auswirkungen waren die gleichen gewesen. Jetzt pilgerten wir ganz einfach gleich nach der ebenso wie in der Nazizeit ungründlichen Reinigungsprozedur in die *Kapelle,* um die Messe zu hören und um die Heilige Kommunion zu empfangen, genauso wie in der Nazizeit in den *Tagraum,* um die Nachrichten und die Instruktionen des Grünkranz zu hören, sangen jetzt Kirchenlieder, wo wir vorher Nazilieder gesungen hatten, und der Tagesablauf gestaltete sich auf katholisch als der gleiche im Grunde menschenfeindliche Züchtigungsmechanismus wie der nationalsozialistische. Hatten wir in der Nazizeit vor den Mahlzeiten an den Speisesaaltischen strammgestanden, wenn der Grünkranz ›Heil Hitler‹ gesagt hatte zu Beginn der Mahlzeiten, worauf wir uns setzen durften und zu essen anfangen, so standen wir jetzt in ebensolcher Haltung an den Tischen, wenn der Onkel Franz ›Gesegnete Mahlzeit‹ sagte, worauf wir uns setzen durften und mit dem Essen anfangen. Die meisten Zöglinge waren, wie vorher in der nationalsozialistischen Zeit in Nationalsozialismus, jetzt von ihren Eltern in Katholizismus geschult gewesen, was mich betrifft, so war ich weder das eine noch das andere, denn die Großeltern, bei welchen ich aufgewachsen bin, waren von der einen wie von der anderen im Grunde doch nur bösartigen Krankheit nicht und niemals befallen gewesen. Fortwährend von meinem Großvater darauf aufmerksam gemacht, daß ich mich weder von dem einen (dem nationalsozialistischen) noch von dem anderen (dem katholischen) Stumpfsinn beeindrucken lassen dürfe, war ich, auch wenn das in einer solchen von diesen beiden vollkommen zersetzten und vergifteten Atmosphäre wie in Salzburg und insbesondere in einem solchen Internat wie dem in der Schrannengasse das Schwierigste gewesen war, niemals auch nur in die Gefahr einer solchen Charakter- und Geistesschwäche gekommen. Der jetzt jeden Tag und also annähernd dreihundertmal im Jahr geschluckte und verschluckte Leib Christi war auch nichts anderes gewesen als die tagtägliche sogenannte Ehrenbezeigung vor Adolf Hitler, jedenfalls hatte ich, abgesehen davon, daß es sich hier um zwei vollkommen verschiedene Größen handelt, den Eindruck, das Zeremoniell sei in Absicht und Wirkung das gleiche. Und der Verdacht, daß es sich jetzt im Umgang mit Jesus Christus um das gleiche handelte wie ein oder wie ein halbes Jahr vorher noch mit Adolf Hitler, war bald bestätigt. Wenn wir die zu dem Zwecke der Verherrlichung und Verehrung einer sogenannten außerordentlichen Persönlichkeit, ganz gleich welcher, gesungenen Lieder und Chöre, wie wir sie in der Nazizeit und wie wir sie nach der Nazizeit im Internat gesungen haben, in Augenschein nehmen, müssen wir sagen, es sind immer die gleichen Texte, wenn auch immer ein wenig andere Wörter, aber es sind immer die gleichen Texte zu der immer gleichen Musik und insgesamt sind alle diese Lieder und Chöre nichts anderes als der Ausdruck der Dummheit und der Gemeinheit und der Charakterlosigkeit derer, die diese Lieder und Chöre mit diesen Texten singen, es ist immer nur die Kopflosigkeit, die diese Lieder und Chöre singt, und die Kopflosigkeit ist eine umfassende, weltweite. Und die Erziehungsverbrechen, wie sie überall auf der ganzen Welt in den Erziehungsanstalten an den zu Erziehenden begangen werden, werden immer unter dem Namen einer solchen außerordentlichen Persönlichkeit begangen, heißt diese außerordentliche Persönlichkeit Hitler oder Jesus undsofort. In dem Namen des Besungenen, Verherrlichten geschehen die Kapitalverbrechen an den Heranwachsenden, und es wird immer wieder solche besungenen und verherrlichten außerordentlichen Persönlichkeiten gleich welcher Natur geben und solche an der heranwachsenden Menschheit begangenen Kapitalverbrechen der Erziehung, welche, die Auswirkungen mögen wie immer sein, von Natur aus immer nur ein Kapitalverbrechen sein kann. So waren wir im Internat und in dem, wie Salzburg in Hellsicht bezeichnet wird, *Deutschen Rom* zuerst im Namen Adolf Hitlers zugrunde und tagtäglich zu Tode erzogen worden und dann nach dem Krieg im Namen von Jesus Christus, und der Nationalsozialismus hatte die gleiche verheerende Wirkung auf alle diese jungen Menschen gehabt wie jetzt der Katholizismus. Der junge, in jedem Falle immer einsam in dieser Stadt und in dieser Landschaft aufwachsende Mensch wird in nichts als in eine katholisch-nationalsozialistische Atmosphäre hineingeboren, und er wächst, ob er es wahrhaben will oder nicht, ob er es weiß oder nicht, in dieser katholisch-nationalsozialistischen Atmosphäre auf. Wohin wir schauen, wir sehen hier nichts anderes als den Katholizismus oder den Nationalsozialismus und fast in allem in dieser Stadt und Gegend einen solchen geistesstörenden und geistesverrottenden und geistestötenden katholisch-nationalsozialistischen, menschenumbringenden Zustand. Selbst auf die Gefahr hin, sich damit vor allen diesen Scheuklappenbewohnern im ureigensten Sinne des Wortes unmöglich und schon wieder einmal zum Narren gemacht zu haben, ist zu sagen, daß diese Stadt eine in

Jahrhunderten vom Katholizismus gemein abgedroschene und in Jahrzehnten vom Nationalsozialismus brutal vergewaltigte ist, die ihre Wirkung tut. Der junge, in sie hineingeborene und in ihr sich entwikkelnde Mensch entwickelt sich zu beinahe hundert Prozent in seinem Leben zu einem katholischen oder nationalsozialistischen Menschen, und so haben wir es tatsächlich, wenn wir es in dieser Stadt mit Menschen zu tun haben, immer nur mit (hundertprozentigen) Katholiken oder mit (hundertprozentigen) Nationalsozialisten zu tun, die nicht dazugehörende Minderheit ist eine lächerliche. Der Geist dieser Stadt ist also das ganze Jahr über ein katholisch-nationalsozialistischer *Un*geist, und alles andere Lüge. Im Sommer wird unter dem Namen Salzburger Festspiele in dieser Stadt Universalität geheuchelt und das Mittel der sogenannten Weltkunst ist nur ein Mittel, über diesen Ungeist als Perversität wegzutäuschen, wie alles in den Sommern hier nur ein Wegtäuschen und ein Wegheucheln und ein Wegmusizieren und Wegspielen ist, die sogenannte Hohe Kunst wird in diesen Sommern von dieser Stadt und ihren Einwohnern für nichts anderes als ihre gemeinen Geschäftszwecke mißbraucht, die Festspiele werden aufgezogen, um den Morast dieser Stadt für Monate zuzudecken. Aber auch das muß Andeutung bleiben, hier ist nicht der Platz und jetzt ist nicht die Zeit für eine diese ganze damalige und heutige Stadt betreffende Analyse, Gedanken-Klarheit und gleichzeitig Gnade dem, der eine solche Analyse jemals macht. So ist in Jahrhunderten und in wenigen Jahrzehnten das Wesen dieser Stadt ein unerträglich und schon als krankhaft zu bezeichnendes katholisch-nationalsozialistisches geworden, in welchem nur mehr noch Katholisches und Nationalsozialistisches ist. Das Internat hat mir dieses katholisch-nationalsozialistische Wesen tagtäglich mit der Eindringlichkeit des Authentischen vorgeführt, geistig eingeklemmt zwischen Katholizismus und Nationalsozialismus sind wir aufgewachsen und schließlich zerquetscht worden zwischen Hitler und Jesus Christus als volksverdummenden Abziehbildern. Es heißt also auf der Hut zu sein und sich nicht und durch nichts bluffen zu lassen, denn die Kunst, der Welt etwas vorzumachen, ganz gleich was betreffend, wird hier wie nirgendwo anders beherrscht, und jährlich gehen hier Tausende und Zehntausende, wenn nicht Hunderttausende in die Falle. Die sogenannte Harmlosigkeit des Kleinbürgers ist in Wirklichkeit ein grober und fahrlässiger und sehr oft direkt in die Weltstörung und Weltzerstörung führender Trugschluß, wie wir wissen müßten. Diese Leute als Bevölkerung haben aus der Erfahrung nichts gelernt, im Gegenteil. Über Nacht kann, den Katholizismus ablösend, hier wieder der Nationalsozialismus in beherrschende Erscheinung treten, diese Stadt hat alle Voraussetzungen, und tatsächlich haben wir es heute hier mit einem fortwährend gestörten Gleichgewicht zwischen Katholizismus und Nationalsozialismus zu tun, das plötzliche

Absinken des nationalsozialistischen Gewichts ist hier jederzeit möglich. Aber wer diesen tatsächlich fortwährend in der Salzburger Luft liegenden Gedanken ausspricht, wird, wie wenn er andere, ebenso gefährliche in der Luft liegende Gedanken ausspricht, zum Narren erklärt, wie jeder immer zum Narren erklärt wird, der ausspricht, was er denkt und empfindet. Und das hier sind Andeutungen von fortwährenden und den, der das notiert, immer und in seiner ganzen Existenz wenigstens irritierenden, ihn nicht ruhen lassenden gedachten Gedanken und Empfindungen, nichts weiter. Das Gymnasium war immer ein streng katholisches Gymnasium gewesen, auch wenn es sich jetzt nach seiner Schließung achtunddreißig und seinem Neubeginn fünfundvierzig wieder *Staats*gymnasium nannte, aber der ganze österreichische Staat hat sich ja auch immer *katholischer Staat* genannt, und es waren, mit einer einzigen Ausnahme, wie ich mich erinnere, und diese Ausnahme ist der Mathematikprofessor gewesen, nur katholische Männer als Professoren, die uns unterrichteten, und in solchen Schulen wird mehr der Katholizismus unterrichtet als etwas anderes, jedes Fach nur als ein katholisches, wie in der Nazizeit jedes Fach als ein nationalsozialistisches, als wenn alles Wissenswerte nur ein nationalsozialistisches oder ein katholisches gewesen wäre, und war ich (in der Hauptschule) zuerst einer nazistischen Geschichtslüge unterworfen gewesen und völlig von dieser Geschichtslüge beherrscht gewesen, war ich es jetzt (im Gymnasium) der katholischen. Mein Großvater hatte mich aber hellhörig gemacht für diese Tatsache und ich war nicht angekränkelt, so schwer es für mich gewesen war, nicht auf einmal angekränkelt zu sein, also von einem Augenblick auf den ändern (vor Kriegsende) nationalsozialistisch, (nach Kriegsschluß) katholisch zu sein oder wenigstens vom Nationalsozialismus wie von einer ansteckenden Krankheit, und der Nationalsozialismus wie der Katholizismus sind ansteckende Krankheiten, *Geistes*krankheiten und sonst nichts, angesteckt zu sein. Ich war nicht von diesen Krankheiten angesteckt, weil ich durch die Vorsorge meines Großvaters *immun* dagegen gewesen war, aber gelitten habe ich darunter, wie nur ein Kind in meinem Alter darunter hatte leiden können. * Und in vielen Salzburgern erkenne ich immer wieder den Präfekten, der für mich Nationalsozialist *und* Katholik in einem gewesen ist, eine Menschenform als Geisteshaltung, die in Salzburg die weitverbreitetste ist und von welcher diese Stadt bis heute vollkommen beherrscht ist. Hier haben selbst die, die sich Sozialisten nennen, ein Begriff, der sich mit dem Hochgebirgsboden und insbesondere mit dem salzburgischen Hochgebirgsboden überhaupt nicht vertragen *kann*, nationalsozialistische und katholische Züge in einem, jedenfalls ist diese Menschenmischung als solche jeden Tag für den Besucher erkennbar, und sie demonstriert in jeder ihrer Handlungsweisen eine katholisch-nationalsozialistische Geisteshaltung.

Aber ich deute nur an. Das Gymnasium, jetzt, zum Unterschied von der Kriegshauptschule, ein genau funktionierender, durch nichts von außen gestörter Unterrichtsapparat, war ein gutes Beispiel für mich gewesen, die *Geistesinnereien* des ganzen salzburgischen Stadtkörpers zu studieren: es war naturgemäß wie in allen andern Gymnasien auch der Geist vergangener Jahrhunderte gewesen, welcher sich hier dem Betrachter und vor allem dem Schüler einer solchen Schule als Opfer ihres Systems in jedem Augenblick und unter allen möglichen Gesichtspunkten dokumentierte. Dieses Gebäude also, welches einmal die Alte Universität gewesen war, mit seinen langen Gängen und weißgekalkten Gewölben mehr ein Klosterbau als eine Schule, hatte tatsächlich bei meinem Eintritt in das Gymnasium, also in dem Augenblick meines Aufstiegs von der Hauptschule, der sogenannten Andräschule, in diese höchste Mittelschule, Ehrfurcht und Staunen in mir hervorgerufen und mir auf einmal, aufgenommen in diese mit dem *altehrwürdigen Hause* immer schon verbunden gewesenen höheren Weihen, die Erkenntnis vermitteln und fühlen lassen, daß ich selbst jetzt, tagtäglich in diese Schule eintretend und in ihr die Marmortreppen emporsteigend, wie sie etwas Höheres sei. Und welcher, ganz gleich, ob auf einmal nur aus den umliegenden Gassen oder, wie ich, aus den Wäldern und vom Lande in das Gebäude hereingekommene junge Mensch wäre nicht ohne Stolz gewesen bei seinen ersten offiziellen Schritten als Schüler in diesem strengen Bauwerk, aus welchem, wie es immer wieder heißt, seit Jahrhunderten die Elite des Landes hervorgegangen ist. Aber die Ehrfurcht und die in jedem Falle geisteshemmende Hochachtung waren bald abgebaut gewesen in den ersten Unterrichtswochen, und was vor meinem Eintritt in das Gymnasium für mich (wie auch für meinen Großvater, der diesen Eintritt gewünscht hatte!) ein großer Schritt nach vorne gewesen war, hatte sich bald als große Enttäuschung herausgestellt. Die Methoden in diesem Gebäude, das sich so selbstbewußt Gymnasium und noch selbstbewußter Staatsgymnasium nannte und heute noch nennt, waren im Grunde die gleichen gewesen wie die Methoden in der von diesem Gymnasium aus immer schon verachteten Andräschule als Hauptschule, und bald war ich durch meinen Beobachtungsmechanismus in der kürzesten Zeit auch hier in diesem Gymnasium allem gegenüber feindlich eingestellt. Die Professoren waren nur die Ausführenden einer korrupten und im Grunde immer nur geistesfeindlichen Gesellschaft und deshalb ebenso korrupt und geistesfeindlich, und ihre Schüler waren von ihnen angehalten, genauso korrupte und geistesfeindliche Menschen als Erwachsene zu werden. Der Unterricht entfernte sich immer weiter von jeder natürlichen Geistesentwicklung, in den unerträglichen Schraubstock einer die Geschichte als toten Gegenstand fälschlich als eine Lebensnotwendigkeit ausgebenden und predigenden Unterrichtsmühle eingeklemmt, beobachtete ich eine da wiederaufgenommene Zerstörung in mir, die mit dem Unterrichtsende in der Hauptschule abgebrochen gewesen war. Zum zweitenmal war ich in die Katastrophe hineingekommen, und weil das Gymnasium von mir sehr bald als nichts anderes als eine katastrophale Verstümmelungsmaschinerie meines Geistes erkannt worden ist, war schon in kurzer Zeit alles in mir gegen dieses Gymnasium gewesen, dazu ist auch noch mein Widerwille gegen das tatsächlich bedrückend engstirnige Professorenkollegium gekommen, welches insgesamt nur eine Ausgeburt des schon Jahrhunderte abgestandenen Wissenschaftsstoffes gewesen war, und mein Widerwille gegen alle diese ihre Groß- und Kleinbürgerlichkeit wie eine Waffe gegen alles gebrauchenden und mißbrauchenden Mitschüler, mit welchen ich niemals wirklichen Kontakt habe finden können, abgestoßen einerseits von ihrer Bürgerlichkeit, hatte ich mich schon bald auf mich selbst zurückgezogen, andererseits und umgekehrt hatten sie, abgestoßen von meinem zweifellos krankhaften Widerwillen gegen sie (und ihre Bürgerlichkeit) und gegen alles, was mit ihnen (und ihrer Bürgerlichkeit) zusammenhing, mich aus ihrem Bereiche bald ausgeschlossen gehabt, wieder war ich also vollkommen auf mich gestellt von allen Seiten in den Zustand der Abwehr und der in dieser fortwährenden *Abwehrbereitschaft* ständig Nahrung findenden Angst und Furcht isoliert gewesen. Das heißt aber nicht, daß ich mir nicht helfen hätte können, im Gegenteil war ich unter dem ständigen Drucke nicht nur der Professorenschaft, sondern auch meiner Mitschüler, deren Herkunftsmilieu ein von dem meinigen vollkommen entgegengesetztes gewesen war, wie ich schon angedeutet habe, vollkommen auf mich und gegen alles gestellt, stark und stärker geworden, das heißt, ich hatte mich mit der Zeit nicht mehr angreifen und vor den Kopf stoßen, sondern ganz einfach alles laufen lassen, schon bald in dem Bewußtsein, daß ich in diesem Gymnasium nicht alt werden würde. Mich interessierte, was in dieser Schule unterrichtet worden war, bald nicht mehr, und entsprechend war schon meine erste Benotung ausgefallen. Das Gymnasium war von mir bald nur mehr noch als Schikane aufgefaßt worden, aus welcher ich noch nicht entfliehen, die ich also noch eine Zeitlang durchzumachen hatte, wirklich interessiert hatten mich nur *die Geografie als vollkommen nutzloser Gegenstand,* das Zeichnen und die Musik, und die Geschichte war mir immer ein mich faszinierender Gegenstand gewesen, aber sonst begegnete ich allem nur mit der größten Interesselosigkeit, betrachtete die Schule bald nur mehr noch instinktiv als das, was sie heute bei klarem Verstand für mich ist, eine Geistesvernichtungsanstalt. Wenn ich es aber, was ich naturgemäß wollte, zu etwas Außerordentlichem bringen wollte, mußte ich das Gymnasium absolvieren, das war mir immer und immer wieder gesagt worden, und so versuchte ich, in der größten Interesselosigkeit und mit dem größten Widerwillen gegen alles mit ihm Zusammenhängende, das Gymnasium zu bewältigen, was sich aber als immer aussichtsloser erwiesen hatte, wovon ich aber meinem Großvater, der mir klargemacht hatte, daß ich das Gymnasium zu absolvieren hätte, wenn ich nicht unter die Räder der Gesellschaft kommen wolle, und was das bedeutet, war mir durchaus bewußt gewesen, nichts verlauten hatte lassen, er wußte nichts von meiner beinahe vollständigen und mich selbst natürlich beschämenden Erfolglosigkeit im Gymnasium, ich hatte ihm bei meinen alle vierzehn Tage unternommenen Heimfahrten nach Traunstein und Ettendorf niemals etwas von dieser Erfolglosigkeit berichtet. Alle vierzehn Tage war ich mit der Schmutzwäsche im Rucksack schon gegen drei Uhr früh durch ein gerade für mich offengehaltenes Gangfenster aus dem Internat und nach Hause, das heißt zu Fuß etwa dreizehn Kilometer bis an die Grenze, die ich in der Nähe des Gasthauses Wartberg, auf halbem Weg zwischen Salzburg und Großgmain gelegen, überquert habe in der Morgendämmerung, mit allen nur möglichen Begleitumständen der Angst vor der Entdeckung durch Grenzbeamte, alle vierzehn Tage zuerst durch die wie ausgestorbene, kalte, noch finstere Stadt, abzweigend bei Viehhausen in die Wälder und durch das Moor hinter Wartberg über die Grenze nach Marzoll und von da nach Piding, einem kleinen bayerischen Ort, wo ich, im Besitze einer österreichischen Identitätskarte einerseits, einer deutsehen Kennkarte andererseits, in den Zug gestiegen bin, um nach Freilassing zu fahren und von dort nach Traunstein. Diese Grenzgänge waren notwendig gewesen, weil ich in Salzburg niemanden gehabt habe, der mir die Wäsche gewaschen hätte, und auch niemanden, mit dem ich hätte reden können, und weil der junge Mensch, wenn möglich immer, so oft er kann, zu dem Menschen geht, der ihm der vertrauteste und der liebste ist, das war mein Großvater gewesen, und meine Mutter lebte auch in Traunstein mit meinen Halbgeschwistern, den Kindern meines Vormundes, und mit ihrem inzwischen *aus dem Krieg* und also in seinem Falle aus Jugoslawien heimgekehrten Mann, meinem Vormund. Sehr oft war ich auch an den freien Wochenenden zu meinem in Salzburg lebenden Onkel, dem lebenslänglichen Kommunisten und lebenslänglichen Erfinder von nichtübergehenden Kochtöpfen, wassergetriebenen Motoren et cetera, aber meistens zu meinen Großeltern und zu meiner Mutter nach Traunstein und Ettendorf. Hatte ich die Grenze nach Deutschland überschritten, holte ich die deutsche *Kenn*karte hervor, hatte ich die österreichische nach Salzburg überschritten, die österreichische *Identitäts*karte, so hatte ich, für die Behörden, in jedem Land die Aufenthaltserlaubnis, während jeder sogenannte grenzüberschreitende Verkehr damals streng verboten gewesen war, und nur einem Knaben wie mir in meinem Alter war es wahrscheinlich in dieser Zeit möglich gewesen, so oft und fast immer unbehelligt die

Grenze am Samstagmorgen in die eine und am Sonntagabend in die andere Richtung zu überschreiten. Im Internat, in welchem zu dieser Zeit außer den Zöglingen und also Gymnasiasten auch nicht das Gymnasium besuchende Schüler und jüngere Handwerker untergebracht waren, hatte ich eines Tages einen jungen Mann kennengelernt, der plötzlich als Zöllner oder sogenannter Finanzer wieder aufgetaucht war und der mich von da an, nachdem ich Dutzende Male über die sogenannte grüne Grenze bei Wartberg gegangen war, in Siezenheim, wo er stationiert gewesen war, über die Grenze gebracht hat vor den Augen seiner österreichischen und der bayerischen Kollegen und unter folgenden Umständen: schon am Abend des Freitag war ich zu Fuß nach Siezenheim zu dem dort ein kleines Haus am Wald bewohnenden Tischlermeister Allerberger, der mit meinem Onkel im Krieg in Norwegen gewesen war, *in General Dietls Stab*, wie es immer geheißen hatte, und war dort aufgenommen, mit warmer Milch versorgt und in ein Bett gelegt worden, aus welchem mich die Mutter des Tischlermeisters Allerberger gegen vier Uhr früh geweckt hat. Ich bin aufgestanden, habe gefrühstückt und bin allein durch den Wald zum Grenzhäuschen und habe ans Fenster geklopft, worauf der junge Zöllner, in eine große Pelerine gekleidet, herausgekommen ist. Wie ausgemacht, hatte ich mich sofort am Rücken des Zöllners festgeklammert und war so von diesem unter dem Schutze seiner Pelerine über den schmalen

Siezenheimer Grenzsteg ans deutsche Ufer der Saalach gebracht worden, wo ich von ihm abgelassen hatte und zu Boden gestiegen war. Im Wald, schnell weg von ihm, bin ich dann gegen Ainring gelaufen, zur Bahnstation, um von dort nach Freilassing und weiter nach Traunstein zu fahren, am Sonntagabend hatte sich der ganze Vorgang in umgekehrter Richtung wiederholt, meine Ankunftszeit im Ainringer Wald war auf das genaueste ausgemacht gewesen, und es hatte immer geklappt. Von meinen Großeltern, die auf dem Land wohnten und sie erübrigen konnten, hatte ich für den Zöllner als Finanzer für seine Hilfe immer Brotmarken mitgebracht. Aber ich bin auch mehrere Male erwischt und einmal eingesperrt und tatsächlich, man denke, als Vierzehnjähriger oder schon Fünfzehnjähriger, das weiß ich nicht mehr genau, wie ein Verbrecher in der Finsternis in das Zollhaus von Marzoll und von dort in das Waiser Zollhaus abgeführt worden, ich hatte vor einem Grenzer mit entsichertem Gewehr durch den Wald zu gehen, meine Beteuerung, ich sei nichts anderes als ein verirrter Gymnasiast aus Salzburg, hatte nichts genützt. Und einmal ist mein Vormund in Traunstein von den Amerikanern verhaftet worden, ohne daß er tagelang erfahren hätte, warum, der Grund war aber gewesen, daß ich selbst immer den ganzen Rucksack voller Briefe aus Österreich nach Deutschland mitgenommen hatte, und in diesen Briefen waren zum Großteil in Österreich, nicht aber in Deutschland erhältliche Sacharinschachteln gewesen, es hatte zu dieser Zeit keinerlei Postverkehr zwischen Deutschland und Österreich und umgekehrt gegeben. Die Adressaten mußten ihre Antworten nur an unsere und also meines Vormunds Traunsteiner Adresse schicken, damit ihre Post nach Österreich befördert wurde durch mich. Mein Vormund ist vierzehn Tage wegen dieses von mir durchgeführten Postverkehrs zwischen Deutschland und Österreich und umgekehrt im Traunsteiner Gefängnis gesessen, und wahrscheinlich hat er mir diese Unannehmlichkeit niemals verziehen, denn ich selbst war allein der Urheber und Verantwortliche dieses beinahe zwei Jahre andauernden Postverkehrs gewesen. Diese Grenzgänge waren für mich das Unheimlichste im Leben gewesen. Einmal habe ich meinen damals siebenjährigen Halbbruder von Traunstein mitgenommen und bei Marzoll über die Grenze gebracht, ohne daß meine Mutter und meine Großeltern davon gewußt hatten, warum der plötzliche Einfall einer solchen für meine Angehörigen zweifellos entsetzlichen Handlungsweise meinerseits, weiß ich nicht, über die Konsequenzen war ich mir natürlich nicht im klaren gewesen, aber ich bin mit meinem kleinen Bruder sehr wohl und ungehindert über die Grenze gekommen und habe den Bruder bei meinem entsetzten Onkel in Salzburg abgeliefert, denn was hätte ich mit meinem Halbbruder im Internat gemacht? Wahrscheinlich bin ich den darauffolgenden Samstag mit meinem Halbbruder wieder *schwarz* über die Grenze nach Traunstein zurück, die Folgen waren sicher fürchterliche gewesen. Die Zeit war angefüllt mit *Unheimlichkeit* und *Unzurechnungsfähigkeit* und mit fortwährender *Ungeheuerlichkeit* und *Unglaublichkeit.* Montaigne schreibt, es ist schmerzlich, sich an einem Ort aufhalten zu müssen, wo alles, was unser Blick erreicht, uns angeht und uns betrifft. Und weiter: meine Seele war bewegt, über die Dinge meiner Umgebung bildete ich mir ein eigenes Urteil und verarbeitete sie ohne fremde Hilfe. Eine meiner Überzeugungen war, die Wahrheit könne unter keinen Umständen dem Zwang und der Gewalt erliegen. Und weiter: ich bin begierig darauf, mich erkennen zu lassen, in welchem Maße, ist mir gleichgültig, wenn es nur wirklich geschieht. Und weiter: es gibt nichts Schwierigeres, aber auch nichts Nützlicheres, als die Selbstbeschreibung. Man muß sich prüfen, muß sich selbst befehlen und an den richtigen Platz stellen. Dazu bin ich immer bereit, denn ich beschreibe mich immer und ich beschreibe nicht meine Taten, sondern mein Wesen. Und weiter: manche Angelegenheit, die Schicklichkeit und Vernunft aufzudecken verbieten, habe ich zur Belehrung der Mitwelt bekanntgegeben. Und weiter: ich habe mir zum Gesetz gemacht, alles zu sagen, was ich zu tun wage, und ich enthülle sogar Gedanken, die man eigentlich nicht veröffentlichen kann. Und weiter: wenn ich mich kennenlernen will, so deshalb, damit ich mich kennenlerne, wie ich wirklich bin, ich mache eine Bestandsaufnahme von mir.

Diese und andere Sätze habe ich oft, ohne sie zu verstehen, von meinem Großvater, dem Schriftsteller, gehört, wenn ich ihn auf seinen Spaziergängen begleitet habe, Montaigne hat er geliebt, diese Liebe teile ich mit meinem Großvater. Mehr als bei meiner Mutter, zu welcher ich zeitlebens eine schwierige Beziehung gehabt habe, schwierig, weil ihr letzten Endes meine Existenz immer unbegreiflich gewesen ist und weil sie sich mit dieser meiner Existenz niemals hatte abfinden können, mein Vater, der Bauernsohn und Tischler, hatte sie verlassen und sich nicht mehr um sie und um mich gekümmert, er ist, unter welchen Umständen ist mir niemals und also bis heute nicht bekannt geworden, gegen Kriegsende in Frankfurt an der Oder umgebracht, erschlagen worden, wie ich einmal von seinem Vater, meinem väterlichen Großvater, den ich auch nur ein einziges Mal in meinem Leben gesehen habe zum Unterschied von meinem Vater, den ich *niemals in meinem Leben* gesehen habe, gehört habe, immer war ich für meine Mutter, die an den Folgen des Krieges im Oktober fünfzig gestorben ist als das Opfer ihrer Familie, von welcher sie jahrelang geschwächt und schließlich und endlich wirklich umgebracht worden ist, mehr als bei meiner Mutter, mit welcher ich tatsächlich zeitlebens immer nur in dem höchsten Schwierigkeitsgrad zusammengelebt habe und *deren Wesen zu beschreiben ich heute noch nicht die Fähigkeit habe,* immer nur die *Un*fähigkeit, auch nur ihr Wesen anzudeuten, ihr ereignisreiches, aber so kurzes, nur sechsundvierzigjähriges Leben *auch nur annähernd zu begreifen*, ist mir bis heute nicht möglich, dieser wunderbaren Frau gerecht zu werden, mehr also als bei meiner Mutter, die mit den Kindern ihres Mannes, meines Vormunds, der niemals mein Stiefvater gewesen war, weil er mich niemals, so die juristische Bezeichnung für diesen Vorgang, *überschreiben* hatte lassen, der für mich zeitlebens immer nur *Vormund* geblieben, niemals *Stiefvater* geworden war, mehr noch als bei meiner Mutter war ich bei meinen Großeltern gewesen, denn dort hatte ich immer die Zuneigung und das Verstehen und das Verständnis und die Liebe gefunden, die für mich sonst nirgends zu finden gewesen waren, und ich war ganz unter der Obsorge und unbemerkten Erziehung meines Großvaters aufgewachsen. Meine schönsten Erinnerungen sind diese Spaziergänge mit meinem Großvater, stundenlange Wanderungen in der Natur und die auf diesen Wanderungen gemachten Beobachtungen, die er in mir nach und nach zur Beobachtungskunst hatte entwickeln können. Aufmerksam für alles, auf das ich von meinem Großvater verwiesen und hingewiesen war, darf ich diese Zeit mit meinem Großvater als die einzige nützliche und für mein ganzes Leben entscheidende Schule betrachten, denn er und niemand anderer war es, der mich das Leben gelehrt und mich mit dem Leben vertraut gemacht hat, indem er mich zuallererst mit der Natur vertraut gemacht hat. Alle meine Kenntnisse sind zurückzuführen auf diesen für mich in allem lebens- und existenzentscheidenden Menschen, der selbst durch die Schule Montaignes gegangen war, wie ich durch seine Schule gegangen bin. Meinem Großvater waren ja die Umstände und Zustände in der Stadt Salzburg vollkommen vertraut gewesen, denn er selbst war von seinen Eltern zu Studienzwecken in diese Stadt geschickt worden, er hatte das Priesterseminar besucht, aber er hatte in dieser Anstalt in der Priesterhausgasse unter den gleichen Bedingungen zu leiden gehabt wie ich über fünfzig Jahre später in meinem Internat in der Schrannengasse, und er war ausgebrochen und, für die damalige Zeit, gerade noch vor der Jahrhundertwende, eine Ungeheuerlichkeit, nach Basel, um dort eine gefährliche Existenz als Anarchist zu führen wie Kropotkin, und er war später dann mit seiner Frau, meiner Großmutter, zusammen zwei Jahrzehnte unter den fürchterlichsten Umständen Anarchist gewesen, immer gesucht und oft verhaftet und eingesperrt. Neunzehnhundertvier ist meine Mutter in Basel geboren worden, mitten in dieser Zeit, und mein Onkel später in München, wohin es diese jungen Menschen, wahrscheinlich auf der Flucht vor der Polizei, verschlagen hatte. Und dieser ihr Sohn, mein Onkel, war zeitlebens ein Revolutionär gewesen, schon mit sechzehn Jahren in Wien als Kommunist die meiste Zeit eingesperrt oder auf der Flucht, war er diesen seinen kommunistischen Idealen zeitlebens treu geblieben, dem ihn zeitlebens beschäftigenden Kommunismus, der niemals Wirklichkeit werden kann, der immer nur Phantasie in solchen außerordentlichen Köpfen wie in dem Kopf meines Onkels bleiben muß und an welchem solche außerordentlichen Menschen als lebenslänglich unglückliche Menschen zugrunde zu gehen haben, und mein Onkel ist unter den fürchterlichsten und traurigsten Umständen zugrunde gegangen. Aber auch das kann, wie alles hier Notierte, nur Andeutung sein. Wahrscheinlich war die eigene Erfahrung in Salzburg als Studierstadt der Grund für den Wunsch und den Entschluß meines Großvaters gewesen, auch mich in diese Stadt zu geben zu dem Zwecke eines Studiums, aber daß auch der Enkel in dieser Stadt als Studierstadt zum Scheitern verurteilt war, hatte er nicht voraussehen, vor der Tatsache auch nicht verstehen können oder doch verstehen, aber doch nicht begreifen können, was ihm wahrscheinlich eine entsetzliche Wiederholung seines eigenen Scheiterns gewesen war. In dem Enkel zu erreichen, was ihm selbst nicht ermöglicht gewesen war, ein *ordentliches Studium* in Salzburg, seiner und meiner Heimatstadt, abschließen, absolvieren zu können, war sicher sein Ziel gewesen, daß ich ihn enttäuschen mußte, war schmerzhaft gewesen. Aber war nicht gerade seine eigene Schule, in die ich die ganze Kindheit und frühe Jugend gegangen war, die Voraussetzung für dieses Scheitern in Salzburg gewesen? Aber noch hatte mein Großvater keine Ahnung von der, wenn auch noch nicht vollzogenen, so doch voraussehbaren Tatsache, daß ich nicht lange auf das

Gymnasium gehen würde, weil meine Fortschritte dort im Grunde nichts als Rückschritte gewesen waren und weil ich nach und nach jede Lust, auch nur irgend etwas an diesem Gymnasium zu lernen, verloren hatte, ich *haßte* von einem bestimmten Zeitpunkt an diese Schule und alles, was mit ihr zusammenhing, und ich war, schulisch gesehen, *verloren.* Aber ich zwang mich noch viele Monate und in Wahrheit noch eineinhalb Jahre durch diesen unerträglich gewordenen Zustand, das Gymnasium zu besuchen und gleichzeitig, von der Aussichtslosigkeit, in ihm weiterzukommen, vollkommen überzeugt, fortwährend auf die erniedrigendste Weise deprimiert zu sein. Ich ging in dieses für mich in allen seinen Einzelheiten unerträglich gewordene Gebäude am Grünmarkt wie in eine tagtägliche Hölle hinein, und meine zweite Hölle ist das Internat in der Schrannengasse gewesen, und so wechselte ich von der einen Hölle in die andere und war nur noch verzweifelt, aber ich hatte keinen Menschen auch nur das geringste von dieser Verzweiflung erkennen lassen. Meine Großmutter, Tochter einer großbürgerlichen Salzburger Familie, deren Verwandte überall in der Stadt ihre alten stattlichen Häuser hatten und haben, hatte mich oft ermuntert, diese ihre und also auch meine Verwandten aufzusuchen, aber ich war dieser Aufmunterung niemals gefolgt, zu groß ist mein Mißtrauen gegen alle diese Geschäftsleute als Verwandte gewesen, als daß es mir möglich gewesen wäre, durch ihre schweren, eisernen Türen hineinzugehen, mich ihrer fortwährenden zerstörerischen Neugierde auszusetzen, ihrem Argwohn, und sie selbst, meine Großmutter, hatte mir ja oft und oft und immer wieder von ihrer entsetzlichen Kindheit und Jugend in dieser für sie nichts als entsetzlichen Stadt und unter diesen wie die Stadt kalten Menschen als Verwandten berichtet, sie hatte alles eher als eine erfreuliche Kindheit in ihrem Zuhause gehabt, so war es, nachdem sie, als sie siebzehn Jahre alt gewesen war, von ihren Eltern, einem Großhändlerehepaar, mit einem wohlhabenden vierzigjährigen Salzburger Schneidermeister verheiratet worden war, selbstverständlich gewesen, aus dieser ihr aufgezwungenen Ehe, aus welcher drei Kinder hervorgegangen waren, über Nacht auszubrechen und meinem Großvater, den sie, aus ihrer Wohnung zum Priesterhaus in der Priesterhausgasse hinüberschauend kennengelernt hatte, nach Basel zu folgen, um ihn, der *kein einfacher Mann* gewesen war, das ganze Leben zu begleiten, sie hatte ihre Kinder zurückgelassen, nur um von diesem ungeliebten, ihr immer unheimlich brutalen Mann wegzukommen, im Alter von erst einundzwanzig Jahren, aus jener Dreikinderehe, die nichts anderes als ein Geschäft gewesen war. Die Großmutter war eine tapfere Frau gewesen, und als einzige von uns allen hatte sie so etwas wie eine ungebrochene Lebensfreude gehabt ihr ganzes Leben, das dann ziemlich elendig in einem riesigen, von dreißig oder mehr schon halb verrosteten Eisenbetten verstellten Krankenzimmer in der Salzburger Nervenheilanstalt aufgehört hat. Ich habe sie noch ein paar Tage vor ihrem Tod gesehen, zwischen diesen wahnsinnigen und irren und vollkommen hilflosen alten Sterbenden, zwar noch hörend, aber nicht mehr verstehend, was ich zu ihr gesagt habe, weinte sie ununterbrochen, und dieser letzte Besuch bei meiner Großmutter ist mir vielleicht die schmerzhafteste Erinnerung überhaupt. Aber sie hat ein unglaublich *reiches* Leben gehabt und war mit und ohne meinen Großvater in ganz Europa herumgekommen, kannte beinahe alle Städte in Deutschland und in der Schweiz und in Frankreich, und niemand in meinem Leben hat so gut und so eindringlich erzählen können wie sie. Sie ist schließlich neunundachtzig Jahre alt geworden, aber ich hätte noch viel von ihr zu erfahren gehabt, sie hatte das meiste erlebt, und ihr Gedächtnis war bis zuletzt klar gewesen. Die Stadt, welche auch ihre Heimatstadt gewesen ist, hatte sich ihr am Lebensende in ihrer fürchterlichsten Weise gezeigt, von konfusen Ärzten ins Spital und schließlich ins Irrenhaus gesteckt und von allen, wirklich von allen Menschen, gleich ob verwandt oder nicht, verlassen, ein Ende in einem riesigen mit Sterbenden angefüllten menschenunwürdigen Krankensaal. So sind alle, die mir die Nächsten gewesen sind und die alle aus dem Boden dieser Stadt oder dieser Landschaft sind, wieder in den Boden dieser Stadt oder Landschaft zurückgekommen, aber meine Friedhofsbesuche zu meiner Mutter, zu meinen Großeltern, zu meinem

Onkel sind, an sich zwecklos, nur *unerhörte* Erinnerung und schwächende, nachdenklich machende Deprimation. Manchmal geht es mir durch den Kopf, die Geschichte meines Lebens nicht preiszugeben. Diese öffentliche Erklärung aber verpflichtet mich, auf dem einmal beschrittenen Wege weiterzugehen, so Montaigne. Es dürstet mich danach, mich zu erkennen zu geben; mir ist gleichgültig, wie vielen, wenn es nur wahrheitsgemäß geschieht; oder, besser gesagt, ich begehre nichts, aber ich fürchte um alles in der Welt, von denen verkannt zu werden, die mich nur dem Namen nach kennen, so Montaigne. Das Gymnasium war mir, durch alle Voraussetzungen, die ich gehabt habe, unmöglich geworden, *schon bevor* ich in das Gymnasium eingetreten bin, und ich hätte niemals in das Gymnasium eintreten sollen, aber es war der Wunsch meines Großvaters gewesen und diesen Wunsch hatte ich erfüllen wollen, und tatsächlich hatte ich zuerst alle meine Kräfte zusammengenommen, um meinem Großvater, nicht mir, der ich diesen Wunsch nie gehabt habe, diesen Wunsch zu erfüllen, lieber wäre ich in eine der vielen Arbeitsmühlen meiner Verwandten gegangen als in das Gymnasium, aber ich war natürlich dem Wunsch meines Großvaters gefolgt, ich hatte nicht das Gefühl, nur auf dem Umweg über das Gymnasium etwas werden zu können, wie es, ganz gegen sein Denken, auf einmal mein Großvater gehabt hat und wie es zu allen Zeiten, solange es Gymnasien gibt, alle immer geglaubt haben, die Wahrheit ist, daß ich schon in der absoluten Gewißheit, im Gymnasium zu scheitern, in das Gymnasium eingetreten war, eine solche in Gymnasien herrschende Erziehungs- und Unterrichtsmaschine hatte nur eine zerstörerische Wirkung auf mich und also auf mein ganzes Wesen haben können, aber für meinen Großvater hatte es das Gymnasium sein müssen, weil er selbst nur die sogenannte Realschule besucht hatte, keine *humanistische* Mittelschule also, sondern *nur* eine sogenannte *technische,* so sollte der Enkel das Gymnasium besuchen, das er, aus was für Gründen auch immer, nicht hatte besuchen *dürfen.* Die Tatsache, daß ich in das Gymnasium eingetreten und als ordentlicher Schüler im Gymnasium aufgenommen worden war, war für meinen Großvater von größter Bedeutung gewesen, jetzt hatte er *in mir* erreicht, was er selbst nicht hatte erreichen können, jetzt war ich sozusagen durch ihn auf die erste wesentliche Vorstufe einer sogenannten gebildeten und dadurch besseren Existenz getreten. Aber alles in mir hatte mir schon bei meinem Eintritt in das Gymnasium gesagt, daß ich hier, wo ich, weil schon alle Voraussetzungen dagegen gewesen waren, gar nicht mehr hingehörte, scheitern müsse. Die aber in dieses Gymnasium gehörten, und es waren wahrscheinlich annähernd alle in das Gymnasium Eingetretenen, hatten das Gymnasium sofort als ihr Zuhause betrachten können, während ich dieses Gymnasium als Institution und als Gebäude, niemals als ein Zuhause habe betrachten können, im Gegenteil war es für mich der Inbegriff des mir in allem Entgegengesetzten. Meine Großeltern wie meine Mutter waren stolz gewesen, daß ich jetzt das Gymnasium besuchte, also dort aufgenommen gewesen war, wo, wie alle Welt glaubt, in acht Jahren aus einem Nochnichts von Menschen der Gebildete und der Bessergestellte und der Hervorragende und der Außerordentliche, in jedem Falle der Ungewöhnliche gemacht wird, sie hatten diesen Stolz zu erkennen gegeben, während ich selbst schon überzeugt gewesen war, daß es vollkommen falsch ist, daß ich in das Gymnasium eingetreten bin, meine ganze Natur war eine andere, nicht eine solche für das Gymnasium. Gerade mein Großvater hätte wissen müssen, daß er selbst mich für eine solche Schule als Lebensschule untauglich gemacht hatte unter seiner Anleitung, wie hätte ich mich jetzt auf einmal in einem solchen Gymnasium zurechtfinden können, wenn doch Tatsache gewesen war, daß ich in der Schule meines Großvaters mein ganzes bisheriges Leben genau und mit größter Aufmerksamkeit seinerseits *gegen* alle konventionellen Schulen erzogen worden war. Er war *mein einziger von mir anerkannter Lehrer* gewesen, und in vieler Hinsicht ist das bis heute so. So hatte allein die Tatsache, daß mich mein Großvater überhaupt auf eine sogenannte höhere Schule gegeben und Salzburg ausgeliefert hat, in dem Enkel nichts anderes bedeuten können als Verrat, aber ich war immer den Anweisungen meines Großvaters gefolgt und ich hatte seinen Befehlen immer gehorcht, dem einzigen Menschen, dem ich jemals bedingungslos gefolgt bin und dessen Befehlen ich bedingungslos gehorcht habe. Er war, indem er mich nach Salzburg geschickt und dem Internat ausgeliefert und mich zuerst auf die Hauptschule und dann auf das Gymnasium geschickt hatte, nicht konsequent gewesen, und diese Inkonsequenz ist die einzige, die er für mich in seinem ganzen Leben gezeigt hat, und sie ist zweifellos die gewesen, die mich als seinen Enkel am meisten erschüttern mußte, weil sie auf mich tatsächlich eine verheerende Wirkung gehabt hat und weil sie vollkommen gegen alles Denken in meinem Großvater und gegen alle Gefühle in mir gewesen war und nur Nachgeben einer lebenslänglichen Wunschvorstellung seinerseits. Aber diese Inkonsequenz als Irrtum ist ihm noch zu Lebzeiten deutlich und auf die schmerzhafteste Weise klargeworden. Die in Seekirchen am Wallersee und in Traunstein besuchten Volksschulen hatten mich nicht gefährden können, denn ich hatte mich, immer in der Nähe meines Großvaters und also immer unter seinem mich aufklärenden Einfluß, diesen Volksschulen als sogenannten Elementarschulen überhaupt nicht ausgeliefert, sie in Distanz alle mit Leichtigkeit und ohne den geringsten Schaden zu nehmen durchgehen können, aber der plötzliche Bruch im Denken meines Großvaters, daß auf einmal doch eine sogenannte Höhere Schule für mich notwendig sei, hatte in mir dann doch viel und zu Zeiten beinahe alles zerstört gehabt. Das war der Widerspruch in ihm gewesen. Die Professoren waren selbst, wie ich fühlte, arme und geschlagene Geister, wie hätten sie mir etwas zu sagen gehabt? Die Professoren waren selbst die Unsicherheit und die Inkonsequenz und die Erbärmlichkeit, wie hätte, was sie vorgetragen haben, für mich auch nur geringfügig von Nutzen sein können? Mein Großvater hatte mich über ein Jahrzehnt die Physiognomik gelehrt, jetzt konnte ich diese meine Wissenschaft anwenden, und das Ergebnis war fürchterlich. Diese Leute, selbst einerseits aus Angst vor ihrem Direktor (Schnitzer), aus Angst andererseits vor ihren Familienverhältnissen, zu welchen sie lebenslänglich verurteilt waren, hatten mir nichts zu sagen, und die Beziehung zwischen ihnen und mir erschöpfte sich im Grunde beinahe vollkommen in gegenseitiger Verachtung und fortgesetzter Bestrafung durch sie, bald war ich an diese fortgesetzte Bestrafung, ob ungerecht oder nicht, stand nicht zur Debatte, gewöhnt gewesen und bald war mein Gemüt ein erniedrigtes und beleidigtes Gemüt als Dauerzustand gewesen. Ich verachtete diese Professoren, und ich haßte sie nur mehr noch mit der Zeit, denn ihre Tätigkeit hatte für mich nur darin bestanden, daß sie jeden Tag und auf die unverschämteste Weise den ganzen übelstinkenden Geschichtsunrat als sogenanntes Höheres Wissen wie einen riesigen unerschöpflichen Kübel über meinem Kopf ausschütteten, ohne sich auch nur den Rest eines Gedankens zu machen über die tatsächliche Wirkung dieses Vorgangs. Völlig mechanisch und in dem ja berühmten professoralen Gehabe und in dem berühmten professoralen Stumpfsinn *zerstörten* sie mit ihrer Lehre, die nichts anderes gewesen war als die ihnen von der staatlichen Obrigkeit vorgeschriebene Zersetzung und Zerstörung und, in böswilliger Konsequenz, Vernichtung, die ihnen anvertrauten jungen Menschen als Schüler. Diese Professoren waren nichts anderes als Kranke, deren Höhepunkt als Krankheitszustand immer der Unterricht gewesen ist, und nur Stumpfsinnige oder Kranke wie Stumpfsinnige *und* Kranke sind Gymnasialprofessoren, denn was sie tagtäglich lehren und auf die Köpfe ihrer Opfer schütten, ist nichts als Stumpfsinn und Krankheit und in Wahrheit ein jahrhundertealter faul gewordener *Unterrichtsstoff als Geisteskrankheit,* in welchem das Denken jedes einzelnen Schülers ersticken muß. In den Schulen und vor allem in den höheren Schulen als Mittelschulen wird die Natur des Schülers durch faules nutzloses Wissen, das in diese Schüler ununterbrochen hineingestopft wird, zur *Unnatur,* und wir haben es, wenn wir es mit Schülern von sogenannten höheren Schulen und also Mittelschulen zu tun haben, nur mehr noch mit unnatürlichen Menschen zu tun, deren Natur in diesen sogenannten höheren Schulen als Mittelschulen vernichtet worden ist, die sogenannten Mittelschulen und vor allem die sogenannten Gymnasien dienen eigentlich immer nur der Verrottung der menschlichen Natur, und es ist

Zeit, darüber nachzudenken, wie diese Verrottungszentren abgeschafft werden können, wo sie doch abgeschafft werden müßten, weil sie längst als Verrottungszentren der menschlichen Natur erkannt sind, und sie sind als solche bewiesen, die sogenannten Mittelschulen gehörten abgeschafft, die Welt wäre besser daran, wenn sie diese sogenannten Mittelschulen, Gymnasien, Oberschulen et cetera abschaffte und sich *nur mehr noch auf die Elementarschulen und auf die Hochschulen konzentrierte,* denn die Elementarschule zerstört nichts in einem jungen Menschen, vernichtet nichts in der *Natur* eines solchen, und die Hochschulen sind für jene, die für die Wissenschaft geeignet und die auch ohne die sogenannte Mittelschule der Hochschule gewachsen sind, aber die Mittelschulen gehörten abgeschafft, weil in ihnen ein Großteil aller jungen Menschen zugrunde gerichtet wird und zugrunde gehen muß. Unser Unterrichtssystem ist in Jahrhunderten krank geworden, und die in dieses Unterrichtssystem hineingezwungenen jungen Menschen werden von diesem kranken Unterrichtssystem angesteckt und erkranken zu Millionen, und an Heilung ist nicht zu denken. Die Gesellschaft muß ihr Unterrichtssystem ändern, wenn sie sich ändern will, weil sie, wenn sie sich nicht ändert und einschränkt und zum Großteil abschafft, bald an ihrem sicheren Ende ist. Aber das Unterrichtssystem muß *grundlegend* geändert werden, es genügt nicht, immer wieder nur da und dort etwas zu ändern, *alles* gehört an unserem

Unterrichtssystem geändert, wenn wir nicht wollen, daß *die Erde nur mehr noch von unnatürlichen und von Unnatur zerstörten und vernichteten Menschen* bevölkert ist. Und zuerst und vor allem gehörten die sogenannten Mittelschulen abgeschafft, in welche alljährlich Millionen hineingesteckt und krank und zerstört und vernichtet werden. Die neue, die *erneuerte* Welt, wenn es sie geben sollte, kennt nur mehr noch *die Elementarschule für die Massen* und die *Hochschule für einzelne,* sie hat sich von einem jahrhundertelangen Krampf befreit und die Mittelschule und also auch das Gymnasium abgeschafft. Und wenn eine solche Asymmetrie vorhanden ist, so können wir diese als *Ursache* des Eintreffens des einen und Nicht-Eintreffens des anderen auffassen, so Wittgenstein. In dem immer gleich deprimierenden oder wenigstens irritierenden Geistes- oder Gefühlszustand oder Geistes- *und* Gefühlszustand, der mich heute augenblicklich befällt, wenn ich in dieser Stadt ankomme, mit einer alles in mir verletzenden barometrischen Fallheftigkeit auch noch nach zwanzig Jahren, *frage ich mich nach der Ursache* dieses Geistes- oder Gefühlszustands, besser Geistes- und Gemütszustands. Ich bin nicht mehr gezwungen dazu und gehe doch immer wieder (in Wirklichkeit und in Gedanken) und oft ohne zu wissen, warum, in Erwartung, obwohl ich doch weiß, daß hier nichts zu erwarten ist, von einem Augenblick auf den ändern in diesen Geistes- und Gefühlszustand, der doch nichts anderes als ein verheerender Gemütszustand ist, hinein, aus Erfahrung sage ich mir immer wieder, ich gehe in diesen Gemütszustand, also in diese Stadt, nicht mehr hinein, nicht in Wirklichkeit und nicht in Gedanken. Ein klarer Kopf und das offenbar exakt nach seinen Möglichkeiten und Unmöglichkeiten in ihm vollzogene Denken über den Gegenstand dieser ganz und gar durch Herkunft und Kindheit und Jugend wahrscheinlich zeitlebens auf mich bezogenen Architektur und ganz und gar auf mich bezogenen Natur und umgekehrt genügen nicht, dieser regelmäßig gegen alle Vernunft nach kürzeren oder längeren, aber tatsächlich immer wieder sicher auftretenden Geistesschwäche meines Ankommens, Eintretens, Einfahrens, aus was für einer Richtung immer, in diese Stadt, und also in diesen für mich nichts als zerstörerischen, wahrscheinlich tödlichen Geistes- und Gemüts*umschwung* und also Geistes- und Gemüts*zustand,* zu begegnen. Was bis zu dem Augenblick des Ankommens leicht und durchschaubar und in dem jetzigen Alter ohne weiteres erträglich gewesen ist, ist im Augenblick des Ankommens nicht mehr leicht, sondern schwer auf den Kopf drückend, nicht mehr durchschaubar, sondern undurchschaubar und durch die ganze Last einer auch heute noch in meinem Kopf nichts als nur Furcht erregenden Herkunft unerträglich. Kindheit und Jugend, in jeder Beziehung nur schwierig und gerade in eine nur depressive Verstörung führend und alles zusammen gerade in diesen hier angedeuteten Jahren die folgenschwerste Entwicklung, eine nichts anderes als bis heute unaufgeklärte, in allen Zusammenhängen wirksame Zurechtweisung als chaotische Empfindung. Die Stadt der Kindheit (und Jugend) ist nicht erledigt, ich gehe noch immer mit einem schutzlosen, nicht zur geringsten Gegenwehr befähigten Kopf und mit einem ihr vollkommen ausgelieferten Gemüt in sie hinein. Der Abstand von zwanzig Jahren in allen nur möglichen Landschaften und Richtungen als Erfahrung, alles, was ich in dieser zwanzigjährigen Zwischenzeit *durch sie und immer gegen sie,* wie ich weiß, erlebt und studiert und mit Energie studiert und wieder eliminiert habe, ist gegen den Gemütszustand, der eintritt, wenn ich ankomme, wirkungslos. Es ist, komme ich heute an, derselbe Zustand, es ist die gleiche Feindlichkeit, Feindseligkeit, Hilflosigkeit, Erbärmlichkeit, die ich empfinde; die Mauern sind die gleichen, die Menschen sind die gleichen, die Atmosphäre, diese alles in einem hilflosen Kind erdrückende und erschlagende Atmosphäre ist die gleiche, ich höre die gleichen Stimmen, es sind die gleichen Geräusche, Gerüche, die gleichen Farben und alles zusammen dieser sofort bei meinem Ankommen wieder wirksame, in Abwesenheit *nur scheinbar ausgesetzte Krankheitsprozeß,* der ununterbrochen fortschreitet und gegen den es kein Mittel gibt. In Wahrheit ist es *ein Absterbensprozeß, der wieder eingesetzt hat, bin ich erst da und mache die ersten Schritte, denke die ersten Gedanken.* Wieder atme ich diese nur dieser Stadt entsprechende tödliche Luft ein, höre ich die tödlichen Stimmen, wieder gehe ich, wo ich nicht mehr gehen dürfte, durch die Kindheit und durch die Jugend. Wieder höre ich, gegen alle Vernunft, die gemeinen Ansichten gemeiner Menschen, bin ich, gegen alle Vernunft, wo ich *nicht* mehr reden sollte, ein Redender, wo ich *nicht* schweigen sollte, ein Schweigender. Die Schönheit als Berühmtheit meiner (einer) Heimat ist nur ein Mittel, ihre Gemeinheit und ihre Unzurechnungsfähigkeit und Fürchterlichkeit, ihre Enge und ihren Größenwahnsinn mit erbarmungsloser Intensität fühlen zu lassen. Ich studiere mich selbst mehr als alles andere, das ist meine Metaphysik, das ist meine Physik, ich selbst bin der König der Materie, die ich behandle, und ich schulde niemandem Rechenschaft, so Montaigne. Zwei Menschen sind mir vor allen andern aus dem Gymnasium in Erinnerung geblieben, der von einer Kinderlähmung vollkommen verkrüppelte Mitschüler, Sohn eines Architekten, welcher in einem der alten Häuser am linksseitigen Salzachufer seine Kanzlei gehabt hat, in einem jener bis in den dritten und vierten Stock hinauf von der Feuchtigkeit schwarzen Häuser mit ihren hohen Gewölben und meterdicken Mauern, in welchem ich selbst sehr oft gewesen bin zu dem Zwecke mathematischer Nachhilfeübungen, die gemeinsam mit diesem verkrüppelten Mitschüler, von welchem ich auch immer im geometrischen Zeichnen unterstützt worden bin, besser vonstatten gegangen waren, als wenn ich sie allein gemacht hätte, und ich war sehr oft und wöchentlich wenigstens einmal in dem Hause dieses Verkrüppelten gewesen, und der Geografieprofessor Pittioni, dieser kleine, glatzköpfige, von oben bis unten unansehnliche Mann, der der Mittelpunkt des Hohnes und Spottes aller meiner Mitschüler und tatsächlich des ganzen Gymnasiums gewesen war, denn selbst die Professoren als seine Kollegen hatten sich über den tatsächlich häßlichen und unter dieser Häßlichkeit wie kein anderer Mensch leidenden Pittioni lustig gemacht, dieser Pittioni war, solange ich das Gymnasium besucht habe, das Spott- und Hohnopfer aller gewesen, eine unausschöpfliche Quelle von Verhöhnungen und Verspottungen, und dieser Mensch ist mir nach und nach überhaupt zum Mittelpunkt des Gymnasiums geworden und, von wo aus immer ich es heute betrachte, dieser Mittelpunkt geblieben, als das erschreckende Beispiel der Opferbereitschaft eines einzelnen einerseits und einer ganzen brutalen, sich an einem solchen fortwährend und unbekümmert und bedenkenlos vergehenden Gesellschaft andererseits und also Inbegriff der Schmerzens- und der Leidensfähigkeit des einzelnen einerseits und Inbegriff der Niederträchtigkeit und Gemeinheit der (seiner) Umgebung als Gesellschaft andererseits. Der Krüppel als Architektensohn einerseits und der Pittioni andererseits waren die beherrschenden Menschen als Figuren des Gymnasiums für mich gewesen, genau jene, an welchen sich die Fürchterlichkeit einer rücksichtslosen Gesellschaft als Schulgemeinschaft auf die deprimierendste Weise tagtäglich zeigte. An dem einen (Krüppel) wie an dem anderen (Pittioni) habe ich ununterbrochen in dieser Schule die tagtäglichen neuen Erfindungen von Grausamkeit an diesen beiden der Gesellschaft als Schulgemeinschaft studieren können, gleichzeitig die Hilflosigkeit dieser beiden in jedem Falle immer und mit der Zeit immer noch katastrophaler Geschädigten, den Prozeß ihrer schon weit fortgeschrittenen Zerstörung und Vernichtung mit jedem Schultage furchtbarer. Jede Schule als Gemeinschaft und als Gesellschaft und also jede Schule hat ihre Opfer, und zu meiner Zeit sind in dem Gymnasium diese beiden, der Architektenkrüppel und der Geografieprofessor, die Opfer gewesen, alle Niedrigkeit (der Gesellschaft) und die ganze natürliche Grausamkeit und Fürchterlichkeit als Krankheit dieser Gemeinschaft hatte sich tagtäglich auf diesen beiden ausgelassen, war auf diesen beiden zur Explosion gebracht worden. Ihre Leiden der Häßlichkeit oder der Körperunfähigkeit waren von der Gesellschaft als Gemeinschaft, die solche Leiden nicht vertragen kann, tagtäglich von neuem lächerlich gemacht und mit diesem Lächerlichmachen zu einem Gespött geworden, in welchem sich alle, Schüler wie Professoren, fortwährend, wenn sich die Gelegenheit dazu geboten hat, unterhalten haben, und auch hier im Gymnasium war, wie überall, wo Menschen zusammen sind und vor allem wo sie in solchen fürchterlichen Massen zusammen sind wie in den Schulen, das Leiden eines einzelnen oder das Leiden von ein paar einzelnen wie das Leiden des Architektenkrüppels und das Leiden des Geografieprofessors zu nichts als zu ihrer niederträchtigen Unterhaltung als einer abstoßenden Perversität geworden. Und es gab niemanden im Gymnasium, der sich nicht an dieser Unterhaltung beteiligt hätte, denn die sogenannten Gesunden beteiligen sich immer und überall auf der Welt und zu jeder Zeit gern und ob versteckt oder nicht, ob ganz und gar offen oder ob ganz und gar hinter ihrer Verlogenheit, an dieser in aller Welt zu allen Zeiten wie keine andere, keine zweite, beliebten Unterhaltung auf Kosten der Leidenden, Verstümmelten und Kranken. In einer solchen Gemeinschaft und in einem solchen Hause wird auch immer sofort ein Opfer gesucht und es wird auch immer gefunden, und wenn es nicht schon Opfer *ist* von vornherein, *auf alle Fälle zu einem solchen Opfer gemacht,* dafür sorgt diese Gemeinschaft als Gesellschaft und umgekehrt in einem solchen Hause wie dem Gymnasium (oder wie dem Internat) immer. Es ist nicht schwer, einen sogenannten Geistes- oder Körperdefekt an einem Menschen festzustellen und diesen Menschen wegen dieses sogenannten Geistes- oder Körperdefekts zum Mittelpunkt der Unterhaltung der ganzen Gesellschaft einer solchen Gemeinschaft zu machen, wo Menschen sind, ist immer einer gleich zum Gespött gemacht und zur unerschöpflichen Quelle von Hohngelächter, es mag laut oder leise und es mag das hinterhältigste und also lautloseste sein. Die Gesellschaft als Gemeinschaft gibt nicht Ruhe, bis nicht einer unter den vielen oder wenigen zum Opfer ausgewählt und von da an immer zu dem geworden ist, der von allen und zu jeder Gelegenheit von allen Zeigefingern durchbohrt wird. Die Gemeinschaft als Gesellschaft findet immer den Schwächsten und setzt ihn skrupellos ihrem Gelächter und ihren immer neuen und immer fürchterlicheren Verspottungs- und Verhöhnungstorturen aus, und im Erfinden von immer neuen und immer verletzenderen Erfindungen solcher Verspottungs- und Verhöhnungstorturen ist sie die erfinderischste. Wir brauchen ja nur in die Familien hineinzuschauen, in welchen wir immer ein Opfer der Verspottung und Verhöhnung finden, wo *drei* Menschen sind, wird schon *einer* immer verhöhnt und verspottet, und die größere Gemeinschaft als Gesellschaft kann ohne ein solches oder ohne mehrere solcher Opfer überhaupt nicht existieren. Die Gesellschaft als Gemeinschaft zieht immer nur aus den Gebrechen eines oder von ein paar einzelnen aus ihrer Mitte ihre Unterhaltung, das ist lebenslänglich zu beobachten, und die Opfer werden so lange ausgenützt, bis sie völlig zugrunde gerichtet sind. Und was den verkrüppelten Architektensohn wie den Geografieprofessor Pittioni betrifft, habe ich sehen können, *bis zu welchem Grade der Niederträchtigkeit die Verspottung und Verhöhnung und Vernichtung solcher Gesellschafts- oder Gemeinschaftsopfer gehen kann, immer bis zu dem äußersten Grade und sehr oft über diesen äußersten Grad hinaus, indem ohne weiteres ein solches Opfer getötet wird.* Und das Mitleid für dieses Opfer ist auch immer nur ein *sogenanntes* und ist in Wirklichkeit nichts anderes als das schlechte Gewissen des einzelnen über die Handlungsweise und Grausamkeit der andern, an welcher er in Wirklichkeit mit der gleichen Intensität *als ein grausam Handelnder* beteiligt ist. Eine Beschönigung ist unzulässig. An Beispielen für Grausamkeit und Niederträchtigkeit und Rücksichtslosigkeit zum Zwecke der Unterhaltung einer Gesellschaft als Gemeinschaft an solchen ihren ja immer durch und durch verzweifelten Opfern gibt es Hunderte, Tausende, wie wir wissen, und es wird von dieser Gesellschaft als Gemeinschaft oder umgekehrt tatsächlich alles auf dem Gebiete der Grausamkeit und Niederträchtigkeit an ihnen ausprobiert, und fast immer so lange ausprobiert, bis diese Opfer getötet sind. Es ist wie immer in der Natur, daß ihre geschwächten Teile als geschwächte Substanzen zuerst angefallen und ausgebeutet und getötet und vernichtet werden. Und die Menschengesellschaft ist in dieser Hinsicht die niederträchtigste, weil raffinierteste. Und die Jahrhunderte haben daran nicht das geringste geändert, im Gegenteil, die Methoden sind verfeinert und dadurch noch fürchterlichere, infamere geworden, die Moral ist eine Lüge. Der sogenannte Gesunde weidet sich im Innersten immer an dem Kranken oder Verkrüppelten, und in Gemeinschaften und in Gesellschaften weiden sich immer alle sogenannten Gesunden an den sogenannten Kranken, Verkrüppelten. Jeder Auftritt des Pittioni in der Frühe im Gymnasium ist der Beginn einer bei seinem Erscheinen sofort mit aller Rücksichtslosigkeit einsetzenden Quälmaschine gegen Pittioni gewesen, und in dieser Quälmaschine hatte der Mensch den ganzen Vormittag zu leiden gehabt und den halben Nachmittag, und wenn er aus dem Gymnasium hinaus und nach Hause gegangen ist in die Müllner Hauptstraße, wo er gewohnt hat, war es für ihn doch nur das Entkommen aus dieser Quälmaschine, die sich Gymnasium nannte, gewesen, um zu Hause wiederum in eine Quälmaschine einzutreten, denn sein Zuhause ist, wie ich weiß, auch nichts anderes für den Pittioni gewesen als eine Fürchterlichkeit, denn dieser Mensch war verheiratet gewesen und hatte drei oder vier Kinder, und ich sehe sehr oft das Bild vor mir, wie der Pittioni, vor seiner Frau den Kinderwagen mit seinem kleinsten und jüngsten Kind schiebend, einen einzigen Verzweiflungsgang durch die Stadt geht an Samstag- oder an Sonntagnachmittagen. Der durch Häßlichkeit für nichts für sein ganzes Leben bestrafte, aus seinen Erzeugern der Gesellschaft als Gemeinschaft zum Hohn und zum Spott wie nichts anderes vor die rücksichtslosen Augen gesetzt, war schon als nichts anderes als das Opfer seiner Gesellschaft geboren worden. Er hatte sich, wie ich deutlich sehen konnte, längst mit dieser seiner Funktion, nämlich durch seine Häßlichkeit und Gebrechen die Gesellschaft zu unterhalten, abgefunden gehabt. Er war überhaupt nichts als nur Opfer der Gesellschaft, wie viele überhaupt nichts als nur Opfer sind, nur geben wir das nicht zu und heucheln etwas ganz anderes, und er war ein hervorragender, wahrscheinlich sogar der hervorragendste Geografielehrer, den das Gymnasium jemals gehabt hat, wenn nicht der außerordentlichste Professor überhaupt, den diese Schule gekannt hat, denn alle ändern waren, *in und gerade in ihrer grenzenlosen Gesundheit,* nichts als durchschnittlich und diesem Mann in nichts ebenbürtig gewesen. Sehr oft denke ich an oder träume ich von dem gepeinigten Pittioni, und tatsächlich ist ja an ihm alles das Lächerlichste gewesen, aber diese seine Lächerlichkeit war eine ganz bestimmte und alle andern im Gymnasium weit und in Wahrheit in allem und um alles überragende Größe. Nach dem Ende des Unterrichts, wenn alle gegangen waren, wenn das Gymnasium schon leer gewesen war, wartete noch der verkrüppelte Architektensohn in seiner (und meiner) Bank. Beinahe zur vollkommenen Bewegungslosigkeit verurteilt, mußte dieser Mitschüler täglich auf seine Mutter oder auf seine Schwester warten, die ihn aus seiner Bank herausgehoben und in seinen Rollstuhl gesetzt haben, er hatte sich an diese Prozedur längst gewöhnt gehabt. Sehr oft und nicht nur aus dem Grund, weil ich neben ihm in der Bank gesessen war, hatte ich ihm die Wartezeit verkürzt, und diese Wartezeit war von uns beiden meistens dazu benützt worden, aus unserem engsten Existenzbereich zu berichten, also berichtete ich das mir berichtenswert Erscheinende aus dem Internat, er von zu Hause. Manchmal hatte sich seine Mutter verspätet, und auch seine ältere Schwester war ab und zu sogar eine Stunde später, als verabredet, gekommen, diese Wartezeiten vergingen naturgemäß langsam, und sehr oft hatte ich auf und davon laufen wollen über den Grünmarkt und über die Staatsbrücke ins Internat, aber mein Mitschüler hatte mich durch seine in allem und jedem zum Vorschein gekommenen Freundschaftsbeweise zurückhalten können. Wenn die Mutter oder die Schwester in das Klassenzimmer hereingekommen sind, um ihren Sohn und Bruder abzuholen, waren sie immer mit einem Haufen gerade auf dem unter dem Gymnasium gelegenen Grünmarkt gekauften Gemüse oder Obst heraufgekommen, und sie hängten das Gemüse und das Obst an den Rollstuhl, hoben den Krüppel hinein und trugen, mit meiner Mithilfe, ihren Sohn und Bruder, den Krüppel, mitsamt dem Rollstuhl und dem Gemüse und Obst aus dem Klassenzimmer hinaus und die breiten Marmortreppen hinunter. Vor dem Kriegerdenkmal im ersten Stock setzten sie den ihnen zu schwer gewordenen Rollstuhl mit dem Krüppel ab und machten eine Pause. Da verabschiedete ich mich meistens und lief davon, sehr oft auf diese Weise verspätet angekommen im Internat, erwarteten mich nur mehr noch ein kaltes Essen und die ganze Strenge des Präfekten. Die übrigen Mitschüler waren die Söhne wohlhabender Geschäftsleute, wie der Sohn des Schuhgeschäftsinhabers Denkstein, gewesen oder solche Söhne von Ärzten und Bankleuten. Sehr oft stehe ich heute vor einem Geschäft, und der Name auf dem Portal kommt mir bekannt vor, und ich denke, mit dem jetzigen Inhaber bin ich in das Gymnasium gegangen. Oder ich lese in der Zeitung von Richtern, mit welchen ich auf dem Gymnasium gewesen war, oder von Staatsanwälten oder von Mühlenbesitzern, die in meinem Klassenzimmer gewesen sind, auch mehrere Ärzte sind darunter, die meisten sind mit mir auf das Gymnasium gegangen, um das zu werden, was ihre Väter gewesen sind, sie haben die Geschäfte und die Ämter der Väter übernommen. Aber kein einziger von ihnen ist mir tatsächlich im Gedächtnis geblieben wie der verkrüppelte Architektensohn, dessen Namen ich nicht nenne. Dieser verkrüppelte Gymnasiast und der mit aller nur möglichen Häßlichkeit und Lächerlichkeit ausgestattete Geografieprofessor Pittioni sind es, an die ich sofort denke, denke ich an das Gymnasium. Dieses Gebäude, mitten in der Stadt und dadurch mitten in einer der schönsten Architekturen, die jemals geschaffen worden sind, ist mir nach und nach immer unerträglicher und plötzlich tatsächlich unmöglich geworden. Aber bevor ich es endgültig und aus eigenem Entschluß und gleichzeitig mit ihm auch das Internat in der Schrannengasse verlassen habe, war noch viel Unheil und Unglück durchzustehen gewesen. Mir schien damals, als sei ich der dritte im Bunde gewesen mit jenen zweien, an die ich gerade gedacht habe, an den verkrüppelten Architektensohn und an den Geografieprofessor Pittioni, aber zum Unterschied von den beiden, welchen man ihr Unglück in allem und jedem angesehen hatte, war mein eigenes Unglück tief in mir und in meinem von Natur aus in sich gekehrten Wesen verborgen gewesen, und der Vorteil solcher Wesensart ist, daß sein Unglück nicht erkannt ist und dadurch im großen und ganzen unbehelligt, während die andern beiden, der Architektensohn und der Geografieprofessor Pittioni, niemals unbehelligt gewesen waren, ihr ganzes Leben nicht, habe ich selbst mein Unglück immer unter der Oberfläche verstecken können, es unsichtbar machen können, und je unglücklicher ich gewesen bin, desto weniger von diesem Unglück war an mir und an (und in) meinem Wesen zu bemerken gewesen, und da sich mein Wesen nicht geändert hat, ist es heute wie damals, es gelingt mir fast immer, meinen tatsächlichen inneren Zustand zu verdecken mit einem nach außen gezeigten, der über meinen tatsächlichen inneren Zustand keinerlei Aufschluß gibt, diese Fähigkeit ist eine große Erleichterung. Ich ging zwar jeden Tag in der Frühe vom Internat in der Schrannengasse ins Gymnasium, aber ich wußte, daß ich nicht mehr lange diesen Weg gehen würde, aber von diesen in mir schon am intensivsten gedachten Gedanken hatte ich keinem Menschen Mitteilung gemacht, im Gegenteil bemühte ich mich jetzt, weil ich wußte, daß ich es aus freien Stücken, und die Folgen dieser kommenden Entscheidung waren mir mehr und mehr gleichgültig gewesen, auch meinen Großvater muß ich, so dachte ich, ganz einfach vor den Kopf stoßen, das Gymnasium und also auch das Internat und diese ganze Mittelschulzeit verlassen werde, wenn ich auch noch nicht genau wußte, auf welche Weise und unter welchen dann tatsächlichen Umständen, nur, daß es feststeht, daß ich diesem ganzen so viele Jahre mich nur peinigenden und erniedrigenden Zustand beenden werde, den Anschein zu erwecken, als wäre alles in Ordnung. Es hätte auffallen müssen, daß ich plötzlich diszipliniert gewesen und nur noch sehr selten aufgefallen war, der Präfekt und der ihm vorstehende Onkel Franz hatten mit mir schon länger keine Schwierigkeiten mehr gehabt, ich hatte mich plötzlich vollkommen untergeordnet und machte sogar Fortschritte in der Schule, aber alles nur in der Gewißheit, daß diese meine Leidenszeit bald beendet sein wird. Jetzt war ich auch oft allein und mit diesem Gedanken der Beendigung meiner Gymnasialzeit wie mit keinem zweiten beschäftigt, auf die beiden Stadtberge gestiegen und hatte mich dort oben stundenlang, unter einem Baum liegend oder auf einem Gesteinsbrocken hockend, der Beobachtung der Stadt, die auf einmal auch für mich schön gewesen war, hingegeben. Die Leidenszeit der Mittelschulzeit war für mich jetzt nur mehr noch eine Frage der kurzen, wenn nicht kürzesten Zeit gewesen, innerlich war ich dieser Leidenszeit schon entkommen. Ende sechsundvierzig waren meine Großeltern und meine Mutter und mein Vormund mit den Kindern plötzlich über Nacht, weil sie Österreicher und nicht Deutsche sein wollten und das Ultimatum der deutschen Behörden, entweder die deutsche Staatsbürgerschaft anzunehmen über Nacht oder genauso über Nacht nach Österreich zurückzukehren, mit ihrer Rückkehr nach Österreich und also nach Salzburg beantwortet haben, nach Salzburg zurückgekommen. Ich hatte ihnen innerhalb von drei Tagen eine Wohnung in der Gegend von Mülln verschaffen und sie dort, in dieser Wohnung, aus Angst, von anderen Wohnungssuchenden aus dieser Wohnung vertrieben zu werden, verbarrikadiert, erwarten und empfangen können. Die chaotischen Verhältnisse, in welche wir alle durch den Entschluß, Österreicher zu bleiben und nicht Deutsche zu werden, gestürzt worden waren, ausnützend, war ich, nachdem ich das Internat längst verlassen hatte, noch einige Zeit in das Gymnasium gegangen und hatte mich eines Tages, nachdem ich mich längst innerlich vom Gymnasium gelöst hatte, tatsächlich mitten auf dem Wege in das Gymnasium, der mich durch die Reichenhallerstraße geführt hat, entschlossen, anstatt in das Gymnasium auf das Arbeitsamt zu gehen. Das Arbeitsamt vermittelte mich noch am Vormittag an den Lebensmittelhändler Podlaha in der Scherzhauserfeldsiedlung, wo ich, ohne den Meinigen auch nur ein Wort davon gesagt zu haben, eine dreijährige Lehrzeit angetreten hatte. Ich war jetzt fünfzehn Jahre alt.

»Der sogenannte freie Schriftsteller ist eine der letzten Bastionen der Freiheit.«

Heinrich Böll

»Ihre schriftstellerische Anmut besteht darin, dass sie schreibend spricht oder sprechend schreibt.«

Luc Bondy